大づの
此のにあ
のくと

わけてい
のはる
木も春
くみ月
ごとし
神社

0 住吉楠珺神社

第五番　大吉

御神詠 いかばかり年は経へねども住の江の松ぞ再び生おひかはりぬる（新古今）

―いくらも年月はたっていないのに、住の江の松は再び生え替ったことだ、の意。―

○出会 まもなく宿命的な出会がありましょう。
○恋愛 新たな気持ちで相手を見ることです。
○幸運の鍵 「松」「待つ」

この「おみくじ」は国際村おこし活動としてネパールの「手漉きみつまた」で作っています。

住吉恋みくじ「松の結」

02 住吉大社

大御心（おおみごころ）

昭憲皇太后御歌

勤労

みがかずば玉の光はいでざらむ
人のこころもかくこそあるらし

（一六）

明治神宮

大御心

大御（おおみ）は神や天皇に関することの最大級の敬語。ここでは、ご祭神の有り難いお考えや、ご恩徳深い御心のこと。

この大御心を身につけて

どんな立派な宝石や真珠でも、磨かないで生地のままでは、あの美しい光は出て来ないでしょう。人の心も、それと全く同じはずで修養錬磨を怠ってはなりません。

人は努力を惜しまずに、毎日自己を磨き鍛えることによって苦しさ辛さに打ち勝つ立派な人に成長し、正しい道を歩むことが出来ます。

（磨かざれば光なし）

明るく楽しく勤めましょう

今日の参拝の記念に大切に保存しましょう

13 明治神宮

20 鎌倉宮

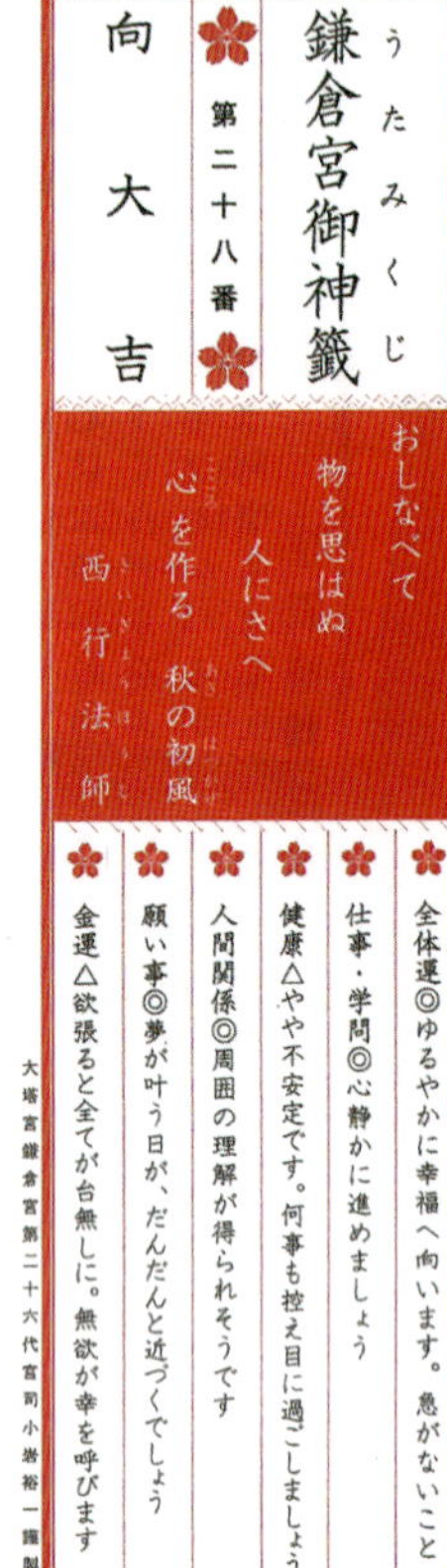
鎌倉宮御神籤

第二十八番

向大吉

おしなべて 物を思はぬ 人にさへ 心を作る 秋の初風 西行法師

全体運◎ゆるやかに幸福へ向います。急がないこと
仕事・学問◎心静かに進めましょう
健康△やや不安定です。何事も控え目に過ごしましょう
人間関係◎周囲の理解が得られそうです
願い事◎夢が叶う日が、だんだんと近づくでしょう
金運△欲張ると全てが台無しに。無欲が幸を呼びます

大塔宮鎌倉宮第二十六代宮司小岩裕一謹製

21 下御霊神社

神籤

下御霊神社

大吉

朝夕に祈り捧しこの神の
深き御蔭を蒙れる身は

毎日神に祈ることで大きな恵みを賜わるでしょう

天祖神社歌占——【天照大御神】

天照らす神のふたたび出でませば
世にあたらしき光射しけり

【歌のこころ】

天照大御神が天の岩屋から再び外へお出ましになったので、世の中に新しい光が射しました。

●あなたは、その場の雰囲気を明るくする力のある人です。太陽のような笑顔を心がけ、人のためになることを行えば、多くの人に助けられ、幸運につながる新たな機会に恵まれるでしょう。●天照大御神は太陽をつかさどり、天上を支配する神様です。●光をもたらす天照大御神が天の岩屋に隠れて世界が暗闇になったとき、天上の神々は世の中にふたたび光が戻るよう力を合わせました。その明るい輝きは、この世界になくてはならないものでした。

27 天祖神社

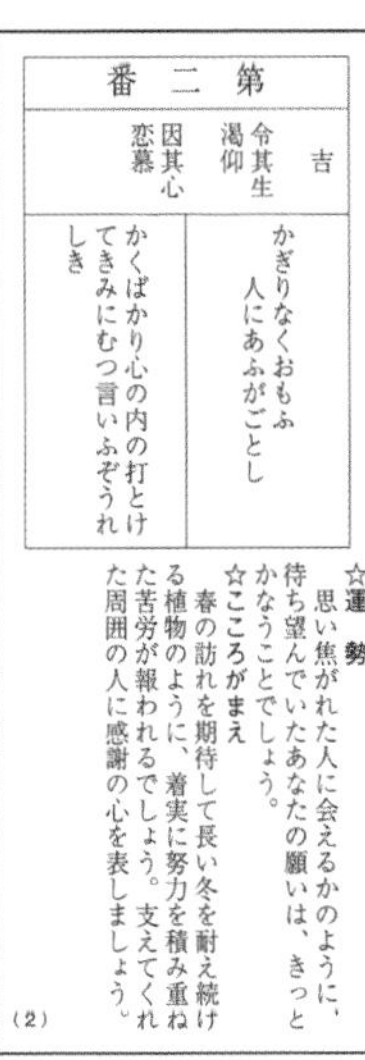

第二番

吉
令其生
渇仰
因其心
恋慕

かぎりなくおもふ
人にあふがごとし

かくばかり心の内の打とけてきみにむつ言いふぞうれしき

☆運勢
思い焦がれた人に会えるかのように、待ち望んでいたあなたの願いは、きっとかなうことでしょう。
☆こころがまえ
春の訪れを期待して長い冬を耐え続ける植物のように、着実に努力を積み重ねた苦労が報われるでしょう。支えてくれた周囲の人に感謝の心を表しましょう。

(2)

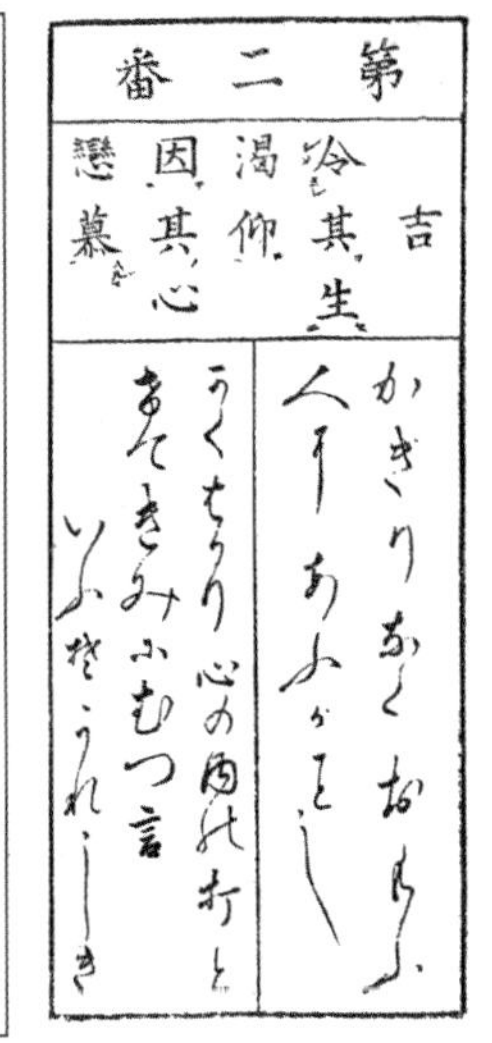

第二番

吉
令其生
渇仰
因其心
戀慕

かぎりなくおもふ
人にあふがごとし

かくばかり心の内の打とけてきみにむつ言いふぞうれしき

29　最上稲荷

第二十九吉

胡桃下

照月通暫久
万名壽村雲
母神迺御息
箟風乃隨意

此おんくじをいたゞく人ハ始貧しくとも後ハ富栄るかたち也 ○待人きたる ○うせ物出がたし ○家作り家移り婿とり嫁とりよし ○病直る ○旅立半吉 ○生死ハ生 ○方角何方もあしく ○常ニ信心すべし 然らざれバ災あるべし よくよく気を付くべし

照る月にしばしくまなす村雲も　神のみいきの風のまにまに

オ二十九　吉

(おさとし)　照り輝く月に村雲がかかつて、月を隠すことがあつても、神のみいきである風が吹いて雲を吹き払つてしまうというかたちで、人に疑がわれるようなことがあつても、直ぐ晴れるから心配はない。

このおんくじをいただく人は始め貧しくとも後は富栄るかたち也○待人きたる○うせ物出がたし○家作り家移り婿とり嫁とりよし○病直る○旅立半吉○生死は生○万角何方もあしく○常に信心すべししからざれば災あるべし○よくよく気をつくべし

33　笠間稲荷神社

城南宮おみくじ
第五番
中吉

慈雨の兆　民の戸も

鎌倉時代の初めに日照りが続いた時、
稲田も人々の家も、有難いことに、

○方位・方角　南の方良し。
○工事・引越　長く方除安全の
○願ひ事　成就するも思は
○旅行　飲食に注意せよ
○商売・仕事　誠意を尽さば利

城南宮おみくじ
第十二番
きっきょう こもごも
吉凶交交
吉と凶が入れかわり現れる

咲耶の兆　木の花の

邇邇芸能命 に 大山津見神 が仰った「桜
桜の花の咲くように栄える事は目出度い

○方位・方角　八方の障りは祈祷し
○工事・引越　慌てるべからず。
○願ひ事
○旅行

城南宮おみくじ
第二十二番
大大吉

常宮の兆　祈るなる永遠の栄

城南宮は、平安遷都の際、皇城の南に創建されたお宮で、都に続く道が通り、
「永遠に栄えるように祈願することだ。

○方位・方角　天地八方全て良く
○工事・引越　無事に成し遂げ栄
○願ひ事　神々の
○旅行

35　城南宮

賽の目神事

地目

学

学の目が出た貴方は、いま学業や仕事・趣味等の知識を深める気が満ちているとのお告げです。人生は学びの連続であり、実学は貴方に生きる糧を与え、虚学は貴方の人生を豊かにしてくれます。

日に三度身をかへりみしいにしへの
人のこころにならひてしがな　昭憲皇太后

青島神社
日州鴨就青島宮御神影
御祭神　彦火火出見命と豊玉姫命の御神像
青島神社

神詠
赤玉は緒さへ光れど白玉の
君がよそひし貴くありけり
沖津鳥　鴨つく島に我が率寝し
妹は忘れず世のことごとに

50　青島神社

おみくじの歌

Omikuji no Uta

平野多恵

笠間書院

『おみくじの歌』——目次

[口絵4頁]

凡例

一、本書は明治時代から現代にかけてのおみくじに載せられている和歌を中心に、おみくじの歌のルーツとなる神のお告げや和歌占いにもちいられた歌も含め、あわせて五十首を収載した。歌の選定にあたっては、おみくじの歴史的な意義や各社寺の特徴があらわれたものを取り上げた。

一、本書は、おみくじの歌の特徴をとらえるため、歌の意味や背景はもちろん、各おみくじや社寺の特徴の他、お告げとしての歌の解釈について解説した。おみくじに関連する和歌を神話の時代から現代に至るまで幅広く選び、その歴史や多様性を理解できるようにした。

一、本書は、次の項目からなる。「目次」「作品本文」「出典」「口語訳」「鑑賞」「脚注」「概観」「関連略年譜」「解説」「読書案内」。鑑賞は一首につき見開き二ページを当てた。

一、引用本文については、おみくじの歌は各おみくじにより、それ以外は、それぞれの歌を収載する資料によった。引用にあたっては、漢字をあてたり、送り仮名を補ったり、歴史的仮名遣いに統一するなどして、適宜、読みやすくした。

おみくじの歌

01

八雲立つ出雲八重垣つまごみに八重垣つくるその八重垣を

【出典】『古事記』『日本書紀』『古今和歌集』仮名序

雲がわき出て幾重もの垣をめぐらしたように見える。私も妻を住まわせる宮殿に幾重もの垣を作りめぐらそう。

日本最古の和歌と伝わるスサノオノミコトの歌。和歌のはじまりには神の存在があり、やがて神は人に和歌でお告げを示すようになった。神社のおみくじに和歌がもちいられるのは、それが神のお告げだからだ。

『古事記』『日本書紀』の神話によれば、この歌は新婚のスサノオノミコトが出雲の国に宮殿を新しくつくろうとしたとき、その地に雲が立ちのぼるのを見て詠んだものという。

最初の勅撰和歌集『古今和歌集』[*1]仮名序に「ちはやぶる神代には、歌の文

＊1　醍醐天皇の下命によ

字も定まらず、素直にして、言の心わきがたかりけらし。人の世となりて、素戔嗚尊（すさのをのみこと）よりぞ三十文字あまり一字は詠みける」とある。神々の時代には歌の字数も決まっておらず、率直な表現で歌かどうかもわからなかったが、地上に降りたスサノオがはじめて三十一文字の和歌を詠んだというのである。神話では、八岐大蛇を退治したスサノオが出雲の国つ神の娘クシイナダヒメと結婚し、この歌を詠んだとある。以来、この歌は日本で最初の五七五七七、三十一文字の和歌として伝えられ、歌人たちに長く重んじられてきた。後には、吉田兼倶（一四三五―一五一一）が基礎を築いた吉田神道[*2]とのかかわりの中で、この歌を中心にすえた『古今和歌集』の秘伝書（『八雲神詠伝』など）もつくられている。

スサノオノミコトを祭神としてまつる神社の中には、この歌をおみくじにもちいるところがある。おみくじとして解釈する場合は、スサノオが新妻を守ろうという意気込みがあらわれた歌なので、恋愛を祈ったのであれば恋する人と結ばれて大切にされるというお告げと解釈できる。それ以外には、物事のはじまりや、これからに対する決意、何かを守ることの大切さを伝えるものとしても受け止められるだろう。

り、紀貫之らが撰進。「やまとうたは人の心を種として、よろづの言の葉とぞなれりける」ではじまる冒頭の仮名序は後代の和歌観に大きな影響を与えた。延喜五年（九〇五）成立。

＊2　室町末期に吉田神社（京都）の神職吉田兼倶が創唱した神道の一派。儒教や密教、道教、陰陽道などを取り入れ、日本古来の随神（かんながら）の道を根本とする。

02

いかばかり年は経ねども住の江の松ぞふたたび生ひかはりぬる

【出典】住吉大社・住吉恋みくじ「松の結」・第五番・大吉

どれほども年は経っていないのに、この住の江の松は二度生えかわったのだ。

全国の住吉社の総本社である住吉大社（大阪市住吉区）の住吉恋みくじ「松の結」（口絵）の歌で、住吉明神[*1]の御神詠と伝わる。神木である松の再生力を感じる一首。「住の江」は摂津国（現在の大阪府北西部・兵庫県南東部）の歌枕。住吉社はかつて海に面しており、その岸辺の松も和歌に多く詠まれた。

この歌は『新古今和歌集[*2]』（神祇・一八五六）に住吉明神の託宣歌として収められている。歌に添えられた注によれば、ある人が住吉社に参詣して「人ならば問はましものを住の江の松はいくたび生ひかはるらむ（人間ならばたず

＊1 表筒男命・中筒男命・底筒男命・息長足姫命（神功皇后）。古来、航海の神として崇敬をあつめる。

＊2 第八勅撰和歌集。後鳥羽院の下命によって、源通具・藤原有家・藤原定家・藤原家隆・藤原雅経らが撰

ねるだろうに、住の江の松は何度生えかわっているのだろうかと）」と詠んでさしあげたところ、住吉明神がその返事に詠んだ歌だという。

住吉明神はしばしば和歌でお告げを示し、和歌の神としても深く信仰された。住吉大社では、恋みくじ「松の結」のほか、通常のおみくじ「波のしらゆふ」にも、住吉明神の御神詠[*3]の他、住吉にゆかりの和歌がお告げとして示されている。[*4]

恋みくじの場合、和歌とその現代語訳、「出会い」「恋愛」「幸運の鍵」の三項目に関するアドバイスがある。一般的なおみくじに比べて項目の数は少ないが、神のお告げである和歌をもとにアドバイスが書かれており、自分の悩みに合わせておみくじを読み解きたい人には格好の参考になる。

この歌の場合、恋愛の項目には「あらたな気持ちで相手を見ることです」とある。この「あらたな気持ち」は歌に詠まれた松の再生から導かれたものだろう。「幸運の鍵」は掛詞の「松」と『待つ』。「出会い」の項目の「まもなく宿命的な出会いがありましょう」は和歌の初句「いかばかり年は経ねども（どれほども経っていないのに）」と「待つ」からの解釈と考えられる。

集。元久二年（一二〇五）成立。神祇部冒頭に神の託宣歌13首を収載。

*3　御神詠「宣べまさに君は知らませ神ろぎの久しき代より斎ひ初めてき」（『住吉大社神代記』）、「夜や寒き衣や薄き片削ぎの行き合ひの間より霜や置くらむ」（『新古今集』）など。

*4　「住吉とあとたれそめしそのかみに月やかはらぬ今宵なるらむ」（小侍従集・社辺月・六二）など。

03

大ぞらのかすみをわけていづる哉さくらがうえのはるの夜の月

【出典】「住吉楠珺神社歌占」・第二十三・吉

大空の霞の間から姿をあらわして、桜の上に春の夜の月が見えている。

住吉楠珺社は住吉大社（大阪市住吉区）の境内にある末社の一つ。楠珺社には樹齢千年以上の楠が枝を伸ばしている。人々は江戸時代からこの霊木に祈りを捧げ、根元の祠に神様をおまつりするようになったという。御祭神は商売の神である宇迦魂命で、月はじめの辰の日にお参りして商売繁盛や招福を願う「初辰まいり」（「初辰さん」とも）でよく知られる。

このおみくじは「歌占」の名が付けられており、和歌と和歌の解説のみを載せるシンプルな内容（口絵）。「歌占」とは和歌による占いのことで、江戸時代以前、和歌みくじは「歌占」ともよばれた。明治末期から昭和初期までのおみくじをスクラップした新城文庫所蔵『おみくじ集』*（国立国会図書館蔵）に現在と同じ形式のものが保存されており、昔ながらの姿が現在まで残されていることがわかる。和歌みくじの源流である歌占のおもかげを残して貴重である。

このおみくじには歌の「心」として「此（こ）の心はふゆがれの木も春にあうてみどりをふくみ月もくもまをいづるがごとしとなり何事（なにごと）もよし」という解説がある。冬枯れの木が春になると緑の葉を茂らせ、月も雲間から姿を見せるようなものだという。自然の様子にたとえて人間の運勢を説くのは、おみくじの和歌に一般的に見られる。おみくじ授与所には、これをさらにわかりやすく書いた一覧表もあり、この歌の場合は、「冬から春となり、光が見えて物事順調に行くとき」と書かれている。霞の間から姿を見せた春の夜の月が桜の花の上に輝いているさまが詠まれており、春の月のおぼろな美しさを感じさせる歌であることから、時を得て、魅力的に輝くときという解釈もできるだろう。

* 『おみくじ集』は明治末期から昭和初期のおみくじ貼込帳。宇宙物理学者であり東洋天文学の研究者でもあった新城新蔵（一八七三～一九三八）旧蔵の天文学、暦学関係書のコレクションの一冊で、当時のおみくじの実態を知るために貴重な資料。京都や大阪など関西の社寺のものが多いことから、新城が京都帝国大学に奉職していた明治末期から昭和初期までのものと推測される。

04

あめのしためぐむ草木のめもはるにかぎりもしらぬ御世の末々

【出典】「上賀茂神社おみくじ」・第二十四番・大吉

春雨の降る下で芽ぐむ草木が目にも遥かに広がっているように、天下の人々に恵みをあたえるわが君の御代はずっと続くことでしょう。

上賀茂神社として知られる賀茂別雷神社（かもわけいかづち）（京都市北区）のおみくじの歌。上賀茂神社は京都で最も古い神社として知られ、賀茂別雷大神を御祭神とする。平安京を守護する神として、歴代の天皇をはじめ、貴族や武士から篤く信仰された。

右の歌は後白河院の第三皇女である式子内親王（一一四九—一二〇一）が詠んだもの。式子内親王は、平治元年（一一五九）に天皇に代わって神にお仕えす

＊1 上賀茂神社おみくじには、式子内親王を中心に、賀茂重保（第18代神主）や賀茂重政（第23代神主）といった上賀茂神社の神職、賀茂社にゆかりの歌人たちの和歌が示されている。なお、上賀茂神社には馬や八咫烏の置物とセットになっ

る巫女、いわゆる「斎院」となり、十代初めから二十代初めの十年余、第三十一代の斎院として上賀茂神社に奉仕した。和歌を詠みはじめたのは斎院を退いた後で、藤原俊成・定家の指導を受け、新古今時代を代表する女流歌人として知られる。

この歌は本来、当時の治世者であった後鳥羽院の御代を言祝ぎ、春の草木がやわらかな雨の恵みをうけて伸びやかに成長するように、その御代が栄えるよう祈ったものである。御鳥羽院が正治二年（一二〇〇）に主催した百首歌に出詠され、第八勅撰和歌集『新古今和歌集』[*2]にも収められた。

このおみくじには「日々の生活のなかではなかなか気づくことが出来ませんが、人は目に見えない神様のお恵みや、ご先祖様のお蔭を被って生まれてきたのです。そのことに思いをいたし、あなた自身のかけがえのない命を一層輝かせていきましょう」というメッセージが添えられている。この歌はもともと天皇の治世を世の中に広く恵みを与える春雨にたとえたものだが、おみくじとしては、それをさらに一人ひとりの人間の命の成長に重ね合わせている。

たおみくじもあるが、和歌が示されているのは「上賀茂神社おみくじ」のみ。

*2　02脚注。

05

もの思ふに立ち舞ふべくもあらぬ身の袖うちふりし心知りきや

【出典】下鴨神社・相生社「縁結びおみくじ」・源氏物語・巻ノ七・紅葉賀・小吉

思い悩んで舞えそうにもない身で、あなたを思って袖を振って舞いました。その心中をご存知でしょうか。

賀茂御祖神社（下鴨神社・京都市左京区）境内にある相生社の「縁結びおみくじ」の歌。相生社の御祭神は「産霊神」で、縁結びの御利益で信仰を集める。社の横には、二本の木が途中で一つにむすばれた霊木「連理の賢木」がまつられており、この木は枯れると境内の「糺の森」にあらたに生えてくると伝えられる。

「糺の森」は偽りをただす神の森として平安時代から和歌にも多く詠まれてきた。『源氏物語』須磨巻で、光源氏が都から須磨に向かう前、賀茂の神に暇乞いをして「憂き世をば今ぞ別るるとどまらむ名をば糺の神にまかせて（情けない世の中と別れて遠く須磨に向かいます。あとに残りとどまる噂は正邪をただすといわれる糺の神にお任せして）」と詠んでいる。

このような縁もあり、相生社の「縁結びおみくじ」は『源氏物語』五十四帖で詠まれた和歌による。おみくじは男性用と女性用にわかれており、そのデザインは、男性は束帯、女性は十二単の衣装をかたどったものである。おみくじにはお香が焚きこめられ、しおりとしても使える。一九九四年一月に平安建都千二百年を記念して授与されるようになった。

右にあげたのは、女性用のおみくじで、『源氏物語』巻七「紅葉賀」で光源氏が恋する藤壺の宮に送った歌。桐壺帝が懐妊中の后・藤壺のために宮中で紅葉賀のリハーサルをおこなった際、光源氏は頭中将とともに雅楽「青海波」をこの上なくすばらしく舞った。この舞の翌日、源氏が昨日はあなたのためだけに舞ったといって藤壺に送ったのがこの歌である。源氏は父である桐壺帝の后である藤壺に禁断の恋をし、不義の密通の果てに藤壺を妊娠させてしまった。許されざる恋に心を乱しながら、藤壺に見てもらうために心を込めて舞った光源氏。その胸中をわかってほしいと願う切ない歌である。

この歌の運勢は「波瀾の兆・小吉」。藤壺への不義の恋に悩む源氏の歌であるから「波瀾」ということなのだろう。小項目は「出会い運」[*1]「交際運」[*2]で、それぞれ『源氏物語』の場面に即して書かれている。

*1 「二人の気持ちはよりそっているが、彼はあなたにとってどのような人かもう一度考え直してみましょう」とある。二人の気持ちがよりそっているというのは、源氏の歌に応えた藤壺の歌をふまえたもの。

*2 「心を乱す出会いがありそう」とあるのは、源氏と藤壺の不義の恋をふまえる。

06

なつかしき色ともなしに何にこの末摘花を袖に触れけむ

【出典】三室戸寺「源氏物語　恋おみくじ」・吉

心ひかれる色でもないというのに、この末摘花に、どうして袖を触れて関係を持ってしまったのだろう。

三室戸寺（みむろとじ）（京都府宇治市）「源氏物語　恋おみくじ」の歌。三室戸寺は、光源氏の異母弟・八宮や源氏の子である薫が仏道の師として帰依した「宇治山の阿闍梨」の山寺のモデルとされる。三室戸寺のある京都・宇治は『源氏物語』宇治十帖の舞台でもある。[*1] このようなゆかりから源氏物語千年紀の二〇〇八年に三室戸寺のオリジナルおみくじとして登場したのが「源氏物語　恋おみくじ」で、『源氏物語』の中で男女の恋を描き出した歌をとりあげている。[*2]

右の歌は、『源氏物語』末摘花で、常陸の宮の姫（末摘花）から正月用の衣装を贈られた光源氏が手引きをしてくれた命婦の前で詠んだもの。この姫君は、正月を前に、本来であれば正妻が準備する正月用の衣装を贈ってきた。

＊1　三室戸寺の鐘楼脇にある「浮舟古跡」と刻まれた古碑は江戸時代（寛保年間）の「浮舟古跡社」に基づく。古跡社の本尊「浮舟観音」は三室戸寺に安置され、宇治十帖のヒロイン浮舟の念持仏として伝えられている。

しかも届いたのはセンスの悪い真っ赤な衣。光源氏は、彼女の赤い鼻に末摘花（紅花）が赤いのを掛け、紅花のように鼻の赤い姫君とどうして契りを交わしたのだろうとおどけて詠んだのだった。この歌によって巻名「末摘花」が名付けられた。

このおみくじの運勢には、「好調だが背伸びをせず進もう。目上の人や家族の助言に耳を傾けるとよい」とある。「背伸びをせずに」というのは、末摘花が正妻きどりで源氏に正月の衣装を贈ったことからのアドバイスだろうか。目上の人や家族の助言に耳を傾けるようにというのも、父・常陸宮の亡き後、没落して助言をくれる人もいなかった末摘花の状況を想起させる。小項目に「金運」「失物」「待人」「恋愛」「縁談」があり、「恋愛」「縁談」がゴチック体で目立たせてあるのは「恋おみくじ」ならではだ。「恋愛」の「最初はそれほどとは思わなかったけれど、次第に心惹かれてくる」は、末摘花の醜さと世間知らずな言動に驚いた光源氏が、彼女の純粋な心にひかれて最後まで援助したことに関連するし、「縁談」の「友人より紹介されるいい縁談」は、乳母子の大輔の命婦の手引きで二人の逢瀬が果たされたことにつながる。おみくじの解説も『源氏物語』の世界をふまえて書かれている。

＊2 他に『源氏物語』をふまえたおみくじに、宇治神社（京都府宇治市）、今宮神社（京都市北区）等がある。

07

めぐりあひて見しやそれともわかぬまに雲がくれにしよはの月かな

【出典】石山寺「紫式部開運みくじ」・小吉

やっと巡りあったけれど、見てそれだともわからないうちに夜中の月は雲に隠れてしまったなぁ。

紫式部にゆかりの深い石山寺（滋賀県大津市）「紫式部開運みくじ」の歌。このおみくじには紫式部の歌がもちいられている。右の歌は『紫式部集』『新古今和歌集』（雑上・一四九九）『百人一首』などに収められる紫式部の代表歌。『紫式部集』や『新古今集』の詞書によれば、久しぶりに式部を訪ねてきた幼友達が、すぐに雲に隠れる月とどちらが早いかを競うかのように帰ってしまったことを詠んだものである。久しぶりの旧友が積もる話をする間もなく帰ったことに対する名残惜しさを、雲に隠れる月への想いに重ねている。

このおみくじの運勢には「いいことも悪いこともやってきます。一喜一憂することなく、何事も前向きに考え、まっすぐ行動することです」とある。「いいことも悪いことも」というのは、月を見ることのできたうれしさと、それがすぐに雲に隠れてしまった寂しさをふまえたもので、自然は刻々と変化するから一喜一憂しないようにということだろう。「紫式部開運みくじ」として「開運」の名を持ち、「何事も前向きに考え」ともあるように、ポジティブ思考のおみくじである。

おみくじは女房装束をイメージさせるデザインで紫色が着物の半襟のようなアクセントになっている。打出の小槌や小判などの招福お守り入り。

石山寺（滋賀県大津）は琵琶湖から流れ出る瀬田川と緑豊かな伽藍山（がらんやま）の麓にある真言宗寺院。京都の清水寺・奈良の長谷寺と並んで三観音と呼ばれ、観音菩薩の聖地として、古来、多くの信仰を集めた。平安時代には貴族による石山詣が盛んに行われ、紫式部をはじめ、『蜻蛉日記』の作者藤原道綱母や『更級日記』の菅原孝標女など、多くの女房たちが石山詣について書き残している。

『石山寺縁起』は、紫式部が中宮の要望を受けて新しい物語を執筆するため石山寺に七日間参籠し、琵琶湖の水面に映る十五夜の月にインスピレーションを得て『源氏物語』を書きはじめたと伝えている。石山寺本堂の一角には紫式部が源氏物語を執筆したと伝わる「源氏の間」もある。

08 思ふこと身にあまるまでなる滝のしばしよどむを何うらむらむ

【出典】「熊野那智大社おみくじ」・第十二番・吉

あなたの願いごとは身に余るほどまで成就するのに、鳴り響く滝がしばらくのあいだ淀むように、ほんのしばらく望みが滞るのを、どうして恨むのだろうか。恨む必要などない。

熊野那智大社（和歌山県東牟婁郡）のおみくじの歌。鎌倉時代の勅撰和歌集『新古今和歌集』[*1]に収められたもので、人生が停滞しているのを嘆いて関東へ行ってしまおうと思い立った人が熊野に夜通し詣でたとき夢に見た歌とされている。つまり、この歌は熊野の神が不遇を嘆く人に示したお告げの歌として伝えられてきたものである。おみくじのメッセージとしては、ものごとの成就を予言しつつ、順風満帆には行かない人生の道理を説き、不満や恨み言を戒

＊1　02脚注。

めた歌と解釈できる。

熊野那智大社は那智山青岸渡寺とともに熊野信仰の中心地で、熊野速玉大社・熊野本宮大社とともに熊野三山の一つとして信仰を集めてきた。熊野は浄土への入り口と考えられるようになり、平安時代以降、天皇・法皇が都から熊野に参詣する「熊野御幸」が盛んに行われた。とくに後白河院が三十三度も熊野に詣でたことはよく知られている。

熊野で御神体[*2]として信仰されているのは全長133mの那智の大滝である。熊野那智大社のおみくじ筒（おみくじの番号を書いた棒を振り出すための箱）は全長133cmで日本一の大きさという。そして、おみくじに示されているのは熊野ゆかりの和歌である。たとえば、花山法皇が那智で修行中に桜の花の下で休んだときに詠んだ「木のもとをすみかとすればおのづから花見る人になりぬべきかな」[*3]（詞花和歌集・雑上・二七六）などで、おみくじの和歌を通して那智の自然や信仰に親しめる。

那智勝浦の地は漁業が盛んで、その地に鎮座する那智大社は漁業の守護神としても信仰されている。おみくじの項目に、「願望」や「病気」「金運」などと並んで「漁業」があるのは、那智大社への信仰のあらわれだろう。

＊2　熊野那智大社の別宮・飛瀧神社の御神体。

＊3　訳「桜の木の下を住まいにすると、自然に花を見る人になってしまうのだなあ」。

09

千早ぶる熊野の宮のなぎの葉を変わらぬ千代のためしにぞ折る

【出典】熊野速玉大社「熊野詣　梛みくじ」

熊野の宮のご神木である梛（なぎ）の葉を、千年も栄える御代のしるしとして手折る。

熊野速玉大社（和歌山県新宮市）「梛（なぎ）みくじ」に書かれる歌で、鎌倉時代に藤原定家*1（一一六二―一二四一）が熊野詣*2の折に詠んだもの。梛の葉をかたどったおみくじすべてに記されており、梛の葉が長く人々を守護することを示す、御守りとしての和歌である。おみくじの和歌は一般的には御祭神のお告げを意味するが、このおみくじの場合はそれとは異なり、熊野詣の際に定家が御守りとして手折った梛の葉の歌を載せて、梛の葉の御守りとしての力を示している。

*1　鎌倉時代初期、新古今時代の代表歌人。『新古今和歌集』『新勅撰和歌集』『小倉百人一首』などの撰者。その和歌や歌論は後代に大きな影響を与えた。

*2　熊野三山に参詣すること。平安時代後期から上皇たちが熊野にたびたび参詣し、熊野詣が広く流行した。

熊野速玉大社は、前歌08で紹介した熊野那智大社・熊野本宮大社とともに熊野三山の一つ。その境内には樹齢千年の梛の大木があり、熊野権現を象徴するご神木として今も篤く信仰されている。梛の葉は霊験あらたかな熊野詣のお守りで、熊野詣を果たした人は昔から梛の葉をいただいて御守りとした。

保元の乱を描いた軍記物語『保元物語』*3巻上でも、熊野参詣の折に切目王子で天下の平穏を願って梛の葉を身に付ける風習を「日比(ひごろ)の御参詣には、天長地久に事よせて、切目の王子の南木（梛）の葉を、百度千度かざさんとこそおぼしめししに」と描いている。

右の歌を詠んだ藤原定家も、その日記『明月記』で熊野に参詣できたことを「感涙禁じ難し」と記している。険しい参詣路を越えて霊験あらたかな熊野に参詣することは、当時の貴族たちにとって、このうえない感激をもたらすものであった。

*3　鎌倉時代に成立した軍記物語。源為朝の活躍を軸に保元の乱の顛末を描く。作者不詳。

10 由良(ゆら)のとを渡る舟人かぢを絶えゆくへも知らぬ恋の道かな

【出典】近江神宮「ちはやふるおみくじ」・曾禰好忠・末吉

由良の海峡を渡る舟人が舟を漕ぐ櫂をなくして行く先もわからず漂っているように、私の恋の行方もどこへ向かうかわからず、さまよっている。

近江神宮（滋賀県大津市）限定「ちはやふるおみくじ」の歌。近江神宮を舞台とする競技カルタの世界を題材にした人気漫画『ちはやふる』（末次由紀著、講談社）にちなんだおみくじで、百人一首の和歌をもちいている。

近江神宮は天智天皇[*1]六年（六六七）に飛鳥から遷都した大津宮跡に鎮座する。昭和十五年（一九四〇）に天智天皇を御祭神として創建された。天智天皇の歌「秋の田のかりほの庵のとまをあらみわが衣手は露にぬれつつ」が藤原定家の『小

*1　第38代天皇（在位六六八―六七一）。中臣鎌足とともに蘇我氏を滅ぼし、大化の改新をおこなった。白

倉百人一首』の巻頭に収められている縁から、競技カルタの日本一を競う「競技かるた名人位・クイーン位決定戦」やかるたの甲子園とも言われる「全国高等学校かるた選手権大会」が開催され、「かるたの殿堂」とも言われる。

右の歌は曾禰好忠（そねのよしただ）*2の詠で、櫂をなくして途方にくれる舟人の光景に、恋の行方に戸惑う男の姿を重ね、自分で行き先をコントロールできずにたゆたうさまを浮かび上がらせている。この歌から導かれたおみくじのメッセージはわかりやすく親しみやすい。舵を失って行く先もわからずさまよっているという内容から次のような教訓を引き出してアドバイスしている。

なにごとも無計画はダメ。何かを始めるときは、じゃまくさくても綿密な計画を立てて！　やりたいことを思いっきりやるためには、やりたくないことも思いっきりやらなきゃね！*3

「ちはやふるおみくじ」は縁取りが赤色の第一弾と緑色の第二弾があり、百人一首の歌からおみくじに適した歌を十五首ずつ選んだものである。形状は二つ折りで栞としても使える。外側に百人一首の歌とその現代語訳、内側には大吉などの運勢とメッセージ、その下に漫画『ちはやふる』のキャラクターが載せられている。

村江の戦の後、大津に遷都。

*2 生没年未詳。平安前期の歌人。丹後掾（たんごのじょう）であったため、曽丹後（そたんご）、さらに略され曽丹と言われた。歌人として評価されながら、宮仕えの志は果たせず不遇であった。家集に『曽丹集』。中古三十六歌仙の一人。

*3 おみくじの下に描かれたキャラクターは、競技カルタでクイーンをめざす主人公ちはやのライバル若宮（わかみや）詩暢（しのぶ）。

11

海ならず湛（たた）へる水の底までも清き心は月ぞ照らさん

【出典】太宰府天満宮・湯島天満宮・亀戸天満宮（菅公みくじ）・ときわ台天祖神社歌占等

海どころでなく、もっと深くたたえられた水の底、そのように心の底から清らかで潔白なわたしの心は、あの明るく澄みきった月が照らしてくれるだろう。

菅原道真（八四五―九〇三）を御祭神としてまつる神社のおみくじに多く載る歌。もとは『大鏡』[*1]巻五・時平伝に収められており、筑紫に左遷された菅原道真が月の明るい夜に詠んだものとされる。

道真は清廉な政治手腕が宇多天皇に評価されて右大臣の位にのぼったが、ライバル左大臣・藤原時平の政略により無実の罪で筑紫・大宰府に左遷された。道真が太宰府で非業の死をとげた後、道真を左遷した時平が若くして亡

＊1　平安時代の歴史物語。藤原道長の栄華を中心に文徳天皇の嘉祥三年（八五〇）から後一条天皇の万寿二年（一〇二五）までを描く。

くなり、時平の血筋から皇太子になった保明親王も夭折した。これらは無実の罪で怨霊となった道真の祟りと考えられた。やがて道真は「天神」として神格化され、太宰府天満宮や北野天満宮をはじめ、各地の天満宮にまつられた。学問の神・至誠の神として人々の信仰を集めている。

右の歌は道真が左遷された筑紫で自身の潔白を訴えて詠んだとされるもの。身の潔白を誰にも知ってもらえないという嘆きの中で、空に輝く月だけは自分を見ているのだからと自らを慰めており、海よりももっと深くたたえられた水という現実を超えた比喩で、天に恥じない潔白な心のありようを大きなスケールで表現している。

この歌をおみくじとして解釈する場合は、清廉潔白な心の重要性を説いたものとして受け止められる。亀戸天神社の「菅公みくじ」[*2]では、すべてのおみくじにこの歌が載る。この場合、個々のおみくじの内容にかかわらず、おみくじを引いた人すべてに清廉をすすめているといえよう。[*3]

道真は漢詩にすぐれ、道真の漢詩文集『菅家文草』『菅家後集』に多くの詩が残されている。その一方で、彼の和歌は数が少なく歌集もない。右の歌は、そのような中でおみくじにふさわしい内容と風格を備えている。

*2 衣冠束帯姿の菅原道真公をかたどったおみくじ。折りたたまれた正方形の紙を広げると、その内側にお告げが書かれている。

*3 お告げの歌というより、「御祭神の和歌」という位置づけの歌。

12

人のため世のため祈るまごころは神も宜しとみそなはすらむ

【出典】「長岡八幡宮おみくじ」・第七番・大吉

人のため世の中のために祈る真心は、神ももっともだとご覧になるだろう。

長岡天満宮（京都府長岡京市）のおみくじの歌。他人や世の中を思って祈る利他的な真心の大切さを詠んでいる。おみくじの歌には、自然を人事にたとえるものが多いが、右のように、より直接的に人を諭す内容の教訓的な歌も多い。長岡天満宮は菅原道真をまつる天満宮だが、そのおみくじは道真の歌を載せる太宰府天満宮や北野天満宮などとは異なり、人として生きるべき道を諭した教訓的な歌を多く載せている。[*1]

右の歌には古くから使われてきた歌ことばも用いられている。第四句の「宜

＊1　教訓的なみくじ歌は明治初期の神道系の教訓的みくじ本『神占五十籤』に依

し」は、「もっとも」の意を持つ副詞「うべ」に強意の助詞「し」がついたもので『古事記』や『日本書紀』の時代から使われる表現、「みそなはす」は「見る」の尊敬語で「ご覧になる」意。神が「〜とみそなはすらん」という表現は神祇伯をつとめた源顕仲（一〇六四―一一三八）が賀茂祭を題に詠んだ「めづらしく年に一たびあふひ[*2]をや神もうれしとみそなはすらん」（永久百首[*3]）がはじめで平安時代後期から見られる。

長岡天満宮が鎮座する京都・長岡は、御祭神の菅原道真公が生前に在原業平らと共に詩歌管弦を楽しんだところで、道真公が太宰府に左遷されたとき、この地に立ち寄り、都を振り返って「我が魂、長くこの地にとどまるべし」と名残を惜しんだという。長岡天満宮の創建は、道真の死後に道真自作の木像をご神体としてまつったのがはじまりとされる。

長岡天満宮は江戸時代からキリシマツツジの名所として知られ、境内には他にも梅やあじさい、桜など四季折々の花を楽しめる。花の神社としても有名で、花を詠んだ古歌をもちいた栞型の香り付き「花みくじ」もある。「長岡天満宮おみくじ」と「花みくじ」がどちらも二十五番までなのは、道真の命日が二十五日であることにちなむという。

拠する場合も多いが、右の歌は『神占五十籤』に収められていない。

*2 「あふひ」は、神に「逢ふ日」に賀茂社の神紋である「葵」を掛ける。

*3 「永久百首」は永久四年（一一一六）に、堀河天皇と中宮篤子の追善のためにおこなわれたと推測される百首歌。

13

みがかずば玉の光はいでざらむ人のこころもかくこそあるらし

【出典】明治神宮「大御心」・十六

どんな宝石でも磨かなければ美しく光り輝くことはないでしょう。人の心もそれと同じで、修養錬磨してはじめて魅力を増していくのです。

明治神宮（東京都渋谷区）のおみくじ「大御心（おおみごころ）」十六、昭憲皇太后の歌（口絵）。「勤労」の題が付く。

明治神宮は明治天皇とその皇后である昭憲皇太后を御祭神としてまつる神社。天皇は生涯に九万三千三十二首、皇太后は二万七千八百二十五首もの御歌を詠まれたという。明治神宮のおみくじは、その中から人々を導く教訓的な歌を十五首ずつ、合計三十首をおみくじの歌として選び、それに解説を添えたもので、昭和二十二年（一九四七）の正月から授与されている。
歌と解説文のみで吉凶のないおみくじは、和歌が神のお告げとして機能してきた日本の伝統を意識したものである。明治神宮の総代であり國學院大學教授であった宮地直一氏の助言により御祭神にもっともゆかりの深い御製（ぎょせい）＊1・御歌（みうた）＊2でおみくじを出すことになったという。

昭憲皇太后は、ベンジャミン・フランクリン＊3（一七〇六―一七九〇）が自伝にまとめた人生の指針とすべき徳目を「弗蘭克林（フランクリン）の十二徳」（注：節制・清潔・勤労・沈黙・確志・誠実・温和・謙遜・順序・節約・寧静・公義の十二）として御歌に詠んだ。この歌は、そのうち「勤労」を題としたもので、自己を磨き鍛えることで宝玉のように価値のある人間になれると説く。

昭憲皇太后は女子教育や慈善事業に大きな功績があったことで知られ、この歌に基づき、明治八年（一八七五）、東京女子師範学校（現在のお茶の水女子大学）の開校にあたって「みがかずば玉もかがみもなにかせん学びの道もかくこそありけれ」という歌を下賜した。これは現在もお茶の水女子大学の校歌として歌い継がれており、日本で最も古い校歌としても知られる。

＊1　御製　天皇の詩文・和歌。
＊2　御歌　皇后・皇太后・皇太子などの和歌。
＊3　アメリカ独立宣言の起草に参画した、近代の民衆主義を象徴する実業家。

14 目に見えぬ神にむかひてはぢざるは人の心のまことなりけり

【出典】「護王神社おみくじ」・二番・大大吉

目に見えない神に向き合って少しも恥じることがないのは、その人が誠の心を持っているということなのだなぁ。

護王神社（京都市上京区）のおみくじの歌。おみくじの和歌は明治神宮のおみくじと同じく（13参照）、明治天皇・皇后の御製。歌の横には、その意味を解釈した「謹解」が添えられている。歌の意味を訓戒として示したもので、この歌の場合は次のとおり。

普通では目に見えることの出来ない神様に向って、少しも恥ずかしくない、という清らかな正しい心境というものは、誠の心で、それは私達にとって最も貴いものであります。

護王神社のおみくじは大吉よりも上の「大大吉」や「末大吉」「凶後吉」「吉凶相交わり末吉」「吉凶相半ばす」「凶後吉」「小凶後吉」「向大吉」「後吉」など、吉凶の表現のバリエーションが多いのも特徴である。

護王神社は道鏡の神託事件や平安京の建都で朝廷に貢献した和気清麻呂公（七三三―七九九）をまつる。清麻呂公の朝廷への歴史的な功績がたたえられて、江戸時代末の嘉永四年（一八五一）、孝明天皇から正一位護王大明神の神階神号を授けられ、明治十九年（一八八六）には明治天皇の勅命で京都御所蛤御門前の現在地に社殿が造営された。

清麻呂公が三百頭の猪に護られて宇佐八幡へ参ったという伝説から、護王神社では猪が神のお使いとされ、狛犬ならぬ狛猪がつくられて境内を守護している。* この猪はおみくじにも用いられており、右の和歌みくじの他に、青・桃・黄色など、五種類の色の猪の置物に入った「猪みくじ」もある。

* 平安時代初期の歴史書『日本後紀』によれば、奈良時代末の神護景雲三年（七六九）、和気清麻呂は、孝謙天皇のもとで権勢をふるって宇佐八幡のご神託をかたって皇位につこうとした僧・道鏡の企てを阻止したことによって道鏡の怒りを買い、大隅国（鹿児島）へ流罪にされた。その途中で宇佐八幡に参拝しようとした清麻呂が足萎で進めなくなったとき、三百頭の猪が現れて清麻呂公を導いたという。

15

草枕旅ゆく人も行き触(ふ)らばにほひぬべくも咲ける萩かも

【出典】梨木神社「和歌おみくじ」・小吉

―旅する人が行きずりにでも触れたなら、色が移り染まるほどあざやかに萩の花が咲いているなぁ。―

梨木(なしのき)神社[*1]（京都市上京区）は、幕末に尊王攘夷派として朝廷の復権に活躍した三條実萬(さねつむ)公（一八〇二―五九）と、その息子で明治維新に貢献した三條実美(さねとみ)公（一八三七―九一）を御祭神としてまつる。明治十八年（一八八五）、実萬公の生地である三條家の邸宅跡に神社が創建された。神社名の「梨木」は旧町名の「梨木」による。

御祭神の実萬・実美両公は和歌に優れ、三條家の邸宅が古くから「萩の宮」と呼ばれて萩の名所としても有名であった。そのため、そのおみくじには三

＊1　京都三名水の一つである「染井の水」が境内に湧き出しており、神水にうかべると文字が浮き上がる「開運水みくじ」もある。

條実萬公の『梨木遺芳』や三條実美公の『梨の片枝（かたえ）』など御祭神の歌集の他、『万葉集』『古今集』などから選ばれた花の歌が載せられている。梅、桜、藤、山吹、橘、萩、菊などの四季折々の花の和歌とイラストが描かれた、香り付きの栞型おみくじである。

右にあげたのは、萩の名所である梨木神社にふさわしい萩の歌で、『万葉集』巻八所収の笠金村の詠。金村は奈良初期、元正・聖武天皇（七一五〜七四九）頃の宮廷歌人で、天皇の行幸に付き従っての賛歌や志貴皇子への挽歌、旅の歌で知られる。この歌は伊香山（いかごやま）で萩を詠んだものである。*2 初句「草枕」は旅にかかる枕詞。第四句「にほひ」は赤い色が移り染まる意。萩は染色には用いられないが、染められそうなほど色あざやかに咲いていたのである

おみくじの運勢は「小吉」である。しかし、この歌は本来、萩の花があざやかに咲きほこり、衣が触れたらその色が移りそうだと詠む萩への賛歌であるから、目も奪われるほど鮮やかな萩の花のように魅力を発している状態、あるいは魅力的な人に影響を受けてしまいそうな状態とも解釈できるだろう。

*2 近江国（現在の滋賀県）伊香郡にある山。金村はこのとき「伊香山野辺に咲きたる萩見れば君が家なる尾花し思ほゆ」も詠んだ。

16

百歳に老い舌出でてよよむとも我はいとはじ恋は増すとも

【出典】伴林氏神社「萬葉神籤」・第二十九番

たとえあなたが百歳で年老いてゆるんだ口から舌が出て、よぼよぼになっても、私は嫌いになったりしません。恋心が増すことはあっても。

伴林氏神社（大阪府藤井寺市）の「萬葉神籤」の歌。右の歌は『万葉集』の代表歌人である大伴家持（?—七八五）の詠（巻四・七六四）で、もともとは紀郎女との恋の贈答歌。年下の家持からアプローチされた紀郎女が、年上の自分が恋をしてもいずれ別れて淋しい思いすることを予見して「神さぶと否にはあらずはたやはたかくして後にさぶしけむかも（年老いているからいやだといっているわけではないのですが、ひょっとして、こうやって恋仲に

＊1 紀郎女は安貴王の妻。王が失脚した後、家持と恋愛関係になったと見られる。生没年未詳。

なった後に淋しい思いをするのではないでしょうか)」(巻四・七六二)と送ったのに対して家持が返した歌である。初句の「百歳[*2]」は紀郎女歌の初句「神さぶ」を受けたもので、どんなに年老いてもという意味を強調している。

このおみくじには吉凶がなく、『万葉集』の和歌が主体で、歌の「口語訳」とシンプルなアドバイスを載せる。このおみくじの「案ずるより産むがやすし」「心配しなくともありのままで受け入れられます」というアドバイスは、紀郎女と家持のやりとりをふまえたもので、現状を肯定する励ましである。

伴林氏神社は「延喜式」に載る由緒ある神社で、全国で唯一、伴氏の祖神である道臣命(みちのおみのみこと)をまつる。社名につけられた「伴林氏」は大伴氏の支族で、大伴氏ゆかりの神社であることから大伴家持が編纂に深くかかわった『万葉集』のおみくじをつくることにしたという。神社からの依頼で皇学館で上代文学を専攻した川合洋子さんが監修を担当し、『万葉集』の名歌三十首が選ばれた。万葉時代のスケールの大きさを感じさせるかのように、このおみくじは全長90㎝、番号を振り出す筒もおみくじに合わせて特大である。

*2 百歳は当時の寿命の限界として認識され、まさに神の領域ともいえる年齢であった。

17

筒井つの井筒にかけしまろがたけ過ぎにけらしな妹見ざるまに

【出典】椿大神社「椿恋みくじ」・大吉

井戸の囲いで測っていたわたしの背丈は、もうその囲いを越すほど大きくなってしまったようです、あなたに会わないうちに。

伊勢国の一の宮、椿大神社（つばきおおかみやしろ）（三重県鈴鹿市）の「椿恋みくじ」の歌。椿大神社には導きの神である猿田彦大神が、境内の「椿岸神社」には猿田彦の妻とされる天之鈿女命（あめのうずめのみこと）がまつられている。夫婦神がともにまつられることから、縁結びをはじめ恋愛や結婚の御利益で人気がある。

「椿恋みくじ」*は、「恋」の名の通り、恋の行方を占うもので、そこに示された和歌は『伊勢物語』に見える恋の歌である。『伊勢物語』は在原業平を

＊ 正方形の紙を折りたたんで椿の花をかたどっており、中には「椿」か「巫

モデルにした男の恋をテーマとする平安時代の歌物語で、男女の恋の思いを吐露した歌が多く収められている。

右の歌は『伊勢物語』の中でも有名な「筒井筒」の段に載るもので、男が久しく会っていない幼なじみの女に送った歌である。中学や高校の教科書にも載る有名な段なので知っている人も多いだろうが、筒井筒のあらすじを紹介しておこう。ある男と女は幼いころに井戸のまわりで仲良く遊んでいた。成長するにつれ気恥ずかしさもあり疎遠になっていたが、二人は惹かれあっていた。そこで大人になった男が意を決して送ったのが右の歌である。これをきっかけに二人の恋は成就して結婚したのだった。

おみくじには歌から導いたアドバイスも添えられている。この歌の場合は、筒井筒の二人を例に、幼いときに遊んだような相手が新しい恋の相手になりそうとある。その例にあげられているのは、幼なじみとの再会や今まで恋の対象と思っていなかった相手との急接近などで、『伊勢物語』の話を現代へと巧みにつなげている。さらに「星座」「血液型」「年齢差」「方位」「相性」「デート」「縁談」「結婚」の小項目があり、年齢差は何歳差が理想、おすすめのデートの場所など、具体的かつ詳細なアドバイスに特徴がある。

女」の形のお守りが入っている。

18 春くれば雪げの沢に袖ぬれてまだうらわかき若菜をぞつむ

【出典】安井金比羅宮「縁みくじ」・二十一番・中吉

春が来たので、野に出て雪解けの沢に袖を濡らして、まだ初々しい若菜を摘むよ。

安井金比羅宮（京都市東山区）「縁みくじ」の歌。御祭神の崇徳上皇[*1]（一一一九—六四）の歌を載せる。右の歌は正月の若菜摘みの行事[*2]を題材にしたもので『風雅和歌集』春部に収められている。[*3]

安井金比羅宮は御祭神の崇徳上皇が讃岐（香川県）の金比羅宮で一切の欲を断ち切って参籠したと伝えられることから、悪縁切り・断ち物の祈願所として信仰されている。御祭神の鎮座する地は、もとは崇徳上皇が寵愛した阿波内侍を住まわせたところで、上皇が保元の乱（一一五六）に敗れて讃岐に配流

＊1 崇徳上皇は歌人としてもすぐれ、「瀬をはやみ岩にせかるる滝川のわれても末にあはむとぞ思ふ」（『詞花和歌集』『小倉百人一首』）は、岩に水流を遮られてもすぐに合流する川にたとえて障害を乗り越えて恋の成就を願う気持ちを詠んだ名歌として、よく知られる。

され崩御した後、出家した内侍が上皇自筆の御尊影をまつり勤行に励んだのがはじまりという。[*4] 崇徳上皇と阿波内侍の逸話から、悪縁を切るだけでなく、良縁を結ぶ神社としても信仰を集める。

おみくじも崇徳上皇の歌によるもので、「縁」がクローズアップされている。「あなたの悪縁度」がパーセンテージで示されているのが大きな特徴で、悪縁度は「現在のあなたの回りにある、人の縁・仕事の縁・病気の縁などすべてのご縁の良い悪いをわかりやすくパーセンテージであらわしたもの」という。右の歌の場合、「あなたがご縁を持っている方との悪縁度20％」とある。

歌の内容と悪縁度がどう関連するかは不明だが、右の歌は貴族の行事である正月の若菜摘みを題材に、雪解け水のたまった沢で芽生えたばかりの若菜を摘む様子が詠まれたものである。新年らしい初々しさがあることから、悪縁度が低めなのかもしれない。

＊2 正月の初の子(ね)の日に若菜を摘み、無病息災を願ってそれを吸い物にして食べた宮中の行事。現在の七草粥のルーツ。

＊3 『風雅和歌集』では第三句「袖たれて」。

＊4 江戸時代に京都太秦の安井にあった蓮華光院が移建され、その鎮守として、崇徳天皇・讃岐の金刀比羅宮より勧請した大物主神・以仁王の挙兵で戦死した源頼政公を合祀したことから「安井の金比羅さん」の名で知られるようになったという。明治維新の神仏分離にあたって、蓮華光院を「安井神社」と改称、さらに「安井金比羅宮」と改め現在に至る。

19

山高みあけはなれゆくよこぐものたえまに見ゆる峰のしら雪

【出典】「鶴岡八幡宮おみくじ」

山が高いので、夜明けとともに離れていく横雲の絶え間から峰の白雪が見える。

鶴岡八幡宮（神奈川県鎌倉市）のおみくじの歌。鶴岡八幡宮は、康平八年（一〇六五）、源頼義が前九年の役で奥州の安倍一族を討った後、出陣前に加護を祈願した石清水八幡宮[*1]（京都府八幡市）を由比ヶ浜近辺にまつったのが起源と伝えられる。[*2]その後、治承四年（一一八〇）に源頼朝が平家打倒をかかげ、五代前の先祖である頼義が勧請した八幡神の前で神意をうかがう御籤を引いて現在地に遷宮、建久二年（一一九一）には鎌倉幕府および関東の総鎮守として社宮を整え厚く信仰した。以来、武家の守護神として広く信仰され、現在も多くの参拝者が集まる。まさに鎌倉の中心といえる神社である。

＊1　御祭神は八幡神で、応神天皇、比売神、神功皇后の三神。

＊2　現在の由比若宮。

そのおみくじは鶴岡八幡宮の宮司が心身を清め本殿に七日間参籠してつくられたものという。和歌を好んだ鎌倉幕府第三代将軍の源実朝[*3]をはじめとするいにしえの歌人の詠を中心に、おみくじにふさわしい歌が選ばれている。

右の歌は源実朝の歌集『金槐和歌集』で「雪」を詠んだもの。夜が明けていくとき、山にたなびく横雲の絶え間から峰の白雪が見えるのは、その山が高いからだと詠む。鶴岡八幡宮のおみくじには和歌を十分にふまえた解説がある。この歌の場合、「雲によって山が隠れても山の存在は疑う事は出来ません。人の生きていく目標は尚更のことです。自分自身でしっかりとして高い理想を持っていれば自然と運は開けます。目先の雲にまどわされないようにする事です」とあって、高い山は高い理想を、横雲が障害や目の曇りとして解釈されている。

御本殿の前には「凶」みくじを結んで入れると「強」運に導かれる「凶運みくじ納め箱」もあるが、運勢は「凶」でも解説は教訓として納得できるものが多いので、お告げの和歌や解説もじっくり読みたい。

*3　源頼朝の次男、母は北条政子。藤原定家に和歌を学び、万葉調の雄大な歌風で知られる。実朝は鶴岡八幡宮の別当であった甥の公暁に暗殺されたという説があるが、そのとき公暁が隠れていたという境内の大イチョウは二〇一〇年三月の強風で倒れ、現在はその木から生えてきた「ひこばえ（孫生え）」の若芽が隣に移植され順調に生育している。

20

おしなべて物を思はぬ人にさへ心を作る秋の初風

【出典】「鎌倉宮御神籤」・第二十八番・向大吉

ふだんは物思いなどしない人にまで、物のあわれを感じさせるのが秋の初風だ。

鎌倉宮[*1]（神奈川県鎌倉市）「鎌倉宮御神籤（うたみくじ）」の歌（口絵）。おみくじの欄外に「大塔宮鎌倉宮第二十六代宮司謹製」とあることからわかるように、鎌倉宮の宮司によってつくられたもので、二〇一七年に新しくなったばかりである。

鎌倉宮のおみくじは鎌倉時代の第八勅撰和歌集『新古今和歌集』[*2]から選ぬかれた五十首からなり、和歌の美の極致を極めた歌集と評価される『新古今集』の歌がお告げとして記されている。有名な古歌のおみくじは他にもあるが、『新古今集』所収歌のみというのは珍しい。

右の歌は『新古今集』秋歌上に「題しらず」として収められる西行法師の詠。西行が自らの歌を選んで藤原定家に勝負の判定を依頼した「宮河歌合」（文

＊1　後醍醐天皇の皇子である大塔宮護良親王をまつる。建武の中興に尽くしたものの讒言により無念の死を遂げた護良親王のため、明治二年（一八六九）に明治天皇の勅命で創建された。

＊2　02脚注。

治五年（一一八九）完成）にも収められており、西行自身も気に入っていた歌だろう。いつもは風流を解さないような無骨な人でさえ、おのずとしみじみとした気持ちを覚えさせるのが秋のはじめに吹く風だと詠んでいる。第四句の「心」はものの情趣を感じる心のことで、秋風は人を詩人にするというのである。

このおみくじの運勢は「向大吉」。歌には解説がないため、「向大吉」である理由は自分で考えるしかないが、全体運として「ゆるやかに幸福に向かいます。急がないこと」とある。「秋の初風」のように、そっとさりげなくということだろうか。もののあわれを感じられたら人生は豊かになるだろう。

吉凶のランクは「大大吉・大吉・向大吉・末大吉・吉・後吉・中吉・小吉・末吉・吉凶相半・凶」。大吉の上の「大大吉」や「向大吉」「末大吉」など、大吉が多い。とはいえ、おみくじで大切なのは吉凶などの運勢の表示ではなく、神さまのお告げの内容である。その点について、境内のおみくじを引く場所に、吉凶の運勢だけでなく、その内容を熟読するようにという注意書き[*3]があるのは、おみくじ本来の受け取り方にかなっている。

*3 注意書きには、「例えば同じ「大吉」でも、中身はそれぞれ別の内容となります。運勢だけでなく内容をよく読むことが大事です。」ともある。

21

朝夕に祈り捧げしこの神の深き御蔭を蒙れる身は

【出典】下御霊神社「狛犬神籤」・大吉

朝に夕に祈りを奉げた下御霊神社の神から深い恩恵をいただいています。

下御霊神社(京都市中京区)「狛犬神籤」の歌(口絵)。下御霊神社のおみくじは二〇一七年まで白い短冊に吉や凶の結果と和歌だけを載せた、潔いほどシンプルなものだった。神による和歌のお告げは、その人の悩みや願いに応じてその都度解釈され、吉凶や解説が最初から付いているものではなかったから、下御霊神社の和歌主体のおみくじは神のお告げとしての歌の存在感が際立っていた。

それが二〇一八年、戌年にちなんで、境内の狛犬のイラストを載せた「狛犬神籤」として生まれ変わった。リニューアル後は以前からの吉凶と和歌に加えて、和歌の横に短い解説が添えられている。右の歌には「毎日神に祈ることで大きな恵みを賜わるでしょう」とある。

和歌と吉凶だけのおみくじに狛犬のイラストが加わったのは、神社を守護する阿吽(あうん)二体の狛犬のうち、口を開けた阿形の狛犬が大笑いしているように見え、「笑う狛犬」として人気を集めていることによる。狛犬のイラストは和歌の下に描かれており、大吉の場合は笑う狛犬、凶の場合は背中を見せた後ろ向きの狛犬と、吉凶に応じて狛犬のイラストが異なるのも楽しい。

下御霊神社は、「御霊」の名の通り、非業の死を遂げた貴人たちの怨霊、つまり「御霊」をまつった神社である。疫病災厄を退散し、朝廷と都を守護する神社として崇敬されてきた。御祭神は平安時代の貞観五年(八六三)に神泉苑で行われた御霊会でまつられた六座の神に二座の神を加えた「八所御霊*」である。

怨霊というと恐ろしいイメージだが、当時の人々は自然災害や病の流行が怨霊によってもたらされると考えていた。その御霊をなぐさめることで厄災から守護してもらおうとしたのである。下御霊神社の狛犬は厄災を笑いとばしてくれそうなほど呵々大笑(かかたいしょう)している。

* 崇道天皇(桓武天皇の皇太子、早良親王)、伊予親王(桓武天皇の皇子)、藤原吉子(伊予親王の母)、藤原広嗣(藤原宇合の長子)、橘逸勢(但馬権守)、文屋宮田麻呂(筑前守)の六座に、吉備聖霊(六座の和魂)、火雷天神(六座の荒魂)の二座を加えた八座の神。

22

吹風(ふくかぜ)の力やよわき風車おりおりにこそ打(うち)めぐりけり

【出典】車折神社・二番・中吉

吹く風の力が弱いからだろうか。風車がときおり回っているなぁ。

車折神社(くるまざき)（京都市右京区）[*1]のおみくじ。車折神社は平安時代後期の儒学者・清原頼業公(きよはらのよりなり)（一一二二―八九）[*2]を御祭神としてまつる。「車折」の名は、後嵯峨天皇（一二二〇―七二）が嵐山の大堰川に御幸された際、御祭神である清原頼業公の廟前で牛車の轅(ながえ)が折れて前に進まなくなったことで「車折大明神」の御神号を賜り、「正一位」を贈られたことによるという。

このような神社の由来にちなんで、車折神社のおみくじは「風車」「花車」「宝車」「牛車」など、すべて車にことよせた和歌による。大正時代に当時の

＊1　境内には天宇受売命をまつる芸能神社があり、多くの芸能人の信仰を集めている。近年はパワースポットとしても有名。

＊2　天武天皇の皇子である舎人親王の御子孫、一族には三十六歌仙で知られる清原元輔やその娘の清少納言もいる。

宮司であった富岡鉄斎（一八三六―一九二四）[*3]が考案したものという。
おみくじに記されているのは、まさしく和歌と吉凶のみで、その意味と解説は境内の掲示で確認する。この歌の場合は次のような解説で、歌の内容がおみくじを引いた人の状況に重ね合わせられている。

吹く風の力が弱いと風車が時々しか廻らない様に、周囲の人達が積極的に協力してくれず、物事が今一つ順調に進みません。けれども、自分1人だけで問題を解決しようとせず、あなたの方から謙虚な姿勢で協力を求めれば、必ずや多くの人の協力を得ることが出来、物事が良い方向に進んで行くでしょう。

風車を回してくれる「風」を周囲の人からの「協力」と解釈して、風車が回っていない状態を物事が順調に進まないたとえとしてとらえている。それに加えて、協力を得て物事がスムーズに進むにはどうすればよいかのアドバイスもある。
おみくじ料は「お心もち」で、自分の気持ちに応じた金額を箱に納めてから引く。全十二首のうち、大吉三、中吉四、半吉二、凶三。その内容はなかなか辛口だが、和歌に沿ったアドバイスが味わいぶかい。

＊3　幕末から大正時代に活躍した南画家でもある。

23

鶯の卵（かひご）の中のほととぎすしゃが父に似てしゃが父に似ず

【出典】謡曲『歌占』

鶯の巣の卵の中に混じっているほととぎすは、自分の父に似ているようで似ていない。

室町時代初期、観世元雅[*1]（?―一四三二）が作った謡曲『歌占（うたうら）』にもちいられた歌。和歌みくじのルーツには神がかりの巫者から神のお告げとしての和歌をいただく「歌占」があった。[*2]本来は占うごとに神がかりしてふさわしい和歌が示されるものであったが、時代が下ると特定の和歌を短冊に書き記し、何枚かの短冊から一枚を選んで、その和歌を解釈して吉凶を占う歌占が行われるようになった。謡曲『歌占』に描かれているのは、そのようなくじ引き形式の歌占である。右の歌はそれにもちいられたもので、歌占の巫者が、人々

＊1　室町時代初期の能役者・謡曲作者。能楽を大成した世阿弥の息子。他の作品に『隅田川』『弱法師』など。

＊2　半井本『保元物語』巻上や『古事談』巻第三・二五などに巫女の歌占の逸話が載る。

の悩みに合わせてどのように和歌を読み解いていったかが知られる。

謡曲『歌占』の内容を紹介しよう。伊勢国二見浦（三重）に歌占をしながら諸国をめぐる度会家次（わたらいいえつぐ）という男の巫者がいた。この男が加賀（石川）の白山の麓で歌占をしているとき、生き別れになった実の父を探す少年・幸菊丸がやってきて父の行方を占った。右の歌はそのときに引いたものである。

男は最初の「鶯（うぐひす）」という字の読みに注目した。「鶯」の音読みは「オウ（アウ）」。父の行方を知りたいという少年の願いに対し、「アウ」、即ち「逢う」ということばが示されたことから、巫者は、探している父にすでに会っているはずだと解釈した。この結果を不思議に思った男が少年の素性をたずねると、まさにその巫者こそが少年の実の父だと判明した。歌占をきっかけに父と子の再会が果たされたのである。

このように一首の歌をいかに解釈するかが歌占の眼目であり、解釈をする巫者の力量のあらわれるところであった。

24

水上（みなかみ）に鬼すみわたる川なればいつか見つけてふしづけにせん

【出典】阪本龍門文庫蔵『歌占』

川の上流に鬼がずっと住んでいるので、いつかその鬼を見つけて簀巻きにして水中に沈めてやろう。

室町時代末期の書写とみられる和歌占い本『歌占（うたうら）』（阪本龍門文庫蔵[*1]）に収められた歌。室町時代から江戸時代にかけて幾種類かの和歌占いの本が作られたが、そのうち現存最古の本が阪本龍門文庫蔵『歌占』であり、江戸時代の和歌占い本にも影響を与えた。

序文によれば、次のような方法で占った。まず歌占が的中するように祈る呪文の歌[*2]「天は澄み地は濁りつつ半（なか）ばなる人の心に占（うら）まさしかれ」を三度唱え、次に「天」「地」「人」を記した九個の賽を投げ、それで得られた数の組み合わせを六十四首の和歌に照合して占う。

右にあげたのは「天三　人三」の歌で、どこかユーモラスな鬼が川上に立っ

＊1　実業家の阪本猷氏が昭和初期に収集した一千点を超える古典籍の善本を納めた文庫（財団法人　阪本龍門文庫）。龍門文庫蔵の善本はインターネット上で公開されており、本書の画像も阪本龍門文庫の画像集（「龍門文庫善本電子画像集」目録番号223）http://mahoroba.lib.nara-wu.ac.jp/y05/html/223/ で閲覧できる。

ている絵が添えられている。第五句の「ふしづけ（柴漬）」は罪人などを簀の子で巻いて川に沈める刑のことで、川上に住み着いている鬼を退治する方法として詠まれている。

この歌を占いとして解釈するなら、川の上流に鬼がいる状況は根本に問題があることを示しており、それを見つけて簀巻きにして水底に沈めるのは、その原因を退治するということだろう。たとえば、健康について占ってこの歌が出たとすれば、「水上」は病気の根源、「鬼」は病の比喩ととらえられる。右のポイントを押さえたら、その先はさまざまな解釈の可能性がある。「重大な病が潜んでいるので、早く治療しないと命が危ない」という解釈もあれば、「まだ発見されていない病気があるものの、早期発見すれば大丈夫」という解釈もありうる。川の流れを「血流」の比喩としてとらえれば血管に関連する病と解せるし、「気の流れ」の比喩とみれば病気の原因は気の滞りともいえる。

歌語のイメージを、どの角度から、どの程度まで読み込むかによって解釈が変化する。23でも示したように、占う人の状況に応じて和歌を自在に読み解くことが歌占の醍醐味である。

＊2　呪歌。呪歌の例は25参照。

25

ちはやぶる神の子どもの集まりて作りし占（うら）は正（まさ）しかりけり

【出典】『天満宮六十四首歌占御䰗抄』

―神の子たちが集まって作った占いは正しかったのだなあ。―

江戸時代の和歌みくじ本『天満宮六十四首歌占御䰗抄（てんまんぐうろくじゅうよんしゅうたうらみくじしょう）』[*1]（寛政十一年（一七九九）刊）に載る、おみくじを引く前に唱える呪文の歌。歌占の神を占いの場に招くための呪歌で、自分にふさわしい歌が引けるように祈るものでもある。『天満宮六十四首歌占御䰗抄』は右の歌を三度唱えてから占う。

このような呪歌は、室町時代頃から降霊を行う口寄せの場でももちいられていた。お伽草子や謡曲に例が見え、[*2]それが和歌占いに取り込まれたのであろう。室町時代末期の和歌占い本『歌占』（阪本龍門文庫蔵、24参照）では「天は

＊1　菅原道真（天神）のお告げの歌を集めたと伝える和歌みくじ本。『宝暦四年（一七五四）刊書籍目録』にも掲載されており、宝暦年間から出版されていたことがわかる。

＊2　お伽草子『花鳥風月』では「年を経て花の鏡となる水は散りかかるをや曇る

澄み地は濁りつつ半(なか)ばなる人の心に占(うら)まさしかれ」という呪歌を三回唱えてから占う。

歌占の前に呪歌を唱える作法は江戸時代にも引きつがれた。[*3] 右の歌の他に「いにしへの神の子どもの集まりて作りし占ぞ正(まさ)しかりける」（江戸後期版本『晴明歌占』[*4]）や「千早振(ちはやふる)神の御末(みすゑ)の我なれば御(み)告げの占の正しかるべき」（蔵瀬家蔵写本『歌占』）など、類似の呪歌がある。これらの歌には「神の子どもの集まりて作りし占」や「神の御末の我」など、神にかかわる者の存在が示されていることから、歌占の源には神とつながる巫者の存在があったと推測できる。このような表現は、平戸神楽(ひらどかぐら)の供米舞(くままい)で歌われる神楽歌の歌詞とも類似する。

歌占の呪歌と神をもてなす場で歌われる神楽歌とが類似するのは、和歌占いの根幹に神が存在するということだろう。このとき呪歌は神と人をつなぐ役割を果たしている。呪歌を唱えることで、神とつながり、神のお告げとしての和歌が示されるのである。

といふらん」（『古今和歌集』所収の伊勢詠）という歌が、謡曲『葵上』やお伽草子の天理図書館蔵『鼠の草子』や『鴉鷺物語』には「寄人は今ぞ寄りくる長浜の芦毛の馬に手綱ゆりかけ」という呪歌が見える。

*3　現代では、ときわ台 天祖神社（東京都板橋区）の「天祖神社歌占」で同様の呪歌を唱えてからおみくじを引く。

*4　平安時代の陰陽師・安倍晴明に仮託した歌占本。

26

春くれば桑の若葉に身を置きてつくる蚕の繭ぞくるしき

【出典】『天満宮六十四首歌占御鬮抄』・凶・四四二

春になると桑の若葉の上に身を置いて繭をつくる蚕の営みは苦しいものだ。

江戸時代の和歌みくじ本『天満宮六十四首歌占御鬮抄』（25参照）[*1]に収められた歌。

おみくじの和歌は自然の景物に人間の運勢を重ねたものが多い。この特徴は現代のおみくじにも当てはまるが、江戸時代でもそうだった。

この歌の場合、繭をつくる蚕の営みに人生を重ね合わせている。解説によれば、和歌の末句に「くるしき」とあるのは、解説に「うらのこころ、世のわざにひまなくくるしき心なり。かいこのついに煮らるるにたとふ」とある

＊1　寛政十一年（一七九九）刊の版本は現在も古書市場に出ることがあり、当時、比較的よく流布したものと思われる。

ように、世間の生活が暇なく苦しい状態のことで、繭をつくった蚕が最後には煮られて絹糸にされてしまうことにたとえているという。解説に「このみくじにあたらば、ふた親を一しほおもんじ、身をつつしむべし」ともあるのは、繭に護られている状態から二親（両親）や身の慎みをイメージしたものであろう。

歌語「まゆごもり」は繭にこもる蚕のイメージから箱入り娘の比喩[*2]としても使われる。過保護な親に護られて真綿にくるまれているような苦しみを感じているとも読み取れるだろう。末句「くるしき」には繭の縁語「繰る」が掛けられており、苦しみが繰り返すイメージも湧く。

江戸時代以前の歌占本は和歌のみで、それに対する解説は付いていないものがほとんどだが、『天満宮六十四首歌占御鬮抄』は、仏教系の漢詩御籤（いわゆる元三大師御籤）の影響を受けており、現在のおみくじに近い形の解説がついている。具体的には、和歌の他に、挿絵、「〜のごとし」という和歌の内容をわかりやすくたとえたもの、「このみくじにあたる時は……」という総合判断、「願事」「待人」「失物」などの項目ごとの注解、「うらのこころ」として お告げの主旨を述べた部分がある。

＊2 「たらちねの親の飼ふこのまゆごもりいぶせくもあるか妹に逢はずて」（拾遺集・恋四・柿本人麻呂）

27

天照（あまて）らす神のふたたび出（い）でませば世にあたらしき光射（さ）しけり

【出典】ときわ台　天祖神社「天祖神社歌占」・天照大御神

天照大御神が天の岩屋から再び外へお出ましになったので、世の中に新しい光が射しました。

ときわ台　天祖神社（東京都板橋区）オリジナル和歌みくじ「天祖神社歌占」の歌（口絵）。天祖神社が創建された室町時代には、謡曲『歌占（うたうら）』（23参照）にうかがわれる、弓を使った和歌占いが行われていた。天祖神社歌占はこのような歌占の伝統を復興したもので、まず呪文の歌を唱え、その後で弓の弦に結びつけられた短冊から一枚を選ぶ方法で占う。弓の弦には神々の御名が記された十六枚の短冊が結びつけられており、その神さまのおみくじをいただく。

右の歌は天祖神社の御祭神である天照大御神のものである。その内容は天岩戸神話*に基づいており、天照大御神が岩戸に隠れて世の中が暗闇になった後、ふたたび姿をあらわして光が戻ったときの明るさが詠まれている。この神話では太陽の明るさが必要とされることから、おみくじの解説には「太陽のような笑顔を心がけ、人のためになることを行えば、多くの人に助けられ、幸運につながる新たな機会に恵まれるでしょう」とある。

天祖神社歌占は二〇一五年に天祖神社と成蹊大学大学院のプロジェクト型授業との協同で創られた。天照大御神をはじめとする天祖神社の御祭神と神社所蔵「天岩戸開(あまのいわとびらき)」絵馬（江戸時代）に描かれた十六柱の神々による和歌みくじである。和歌占いには本来、吉凶がなく、歌の内容を占いたいことに関連させて解釈するものであったため、天祖神社歌占も和歌が主体で、吉凶などの結果や「学問」「健康」「商売」などの項目はない。和歌と解説は十六柱の神々のご神徳をふまえたもので、弓の歌占を引くたびに自分の守り神と出逢うことができる。

＊　スサノオノミコトが天界で暴れたためアマテラスオオミカミが天の岩屋に隠れて世界は暗闇になったが、天上の神々が力を合わせたおかげでアマテラスがふたたび岩戸から姿をあらわしたという神話。

28

手に結ぶ水にやどれる月影のあるかなきかの世にもすむかな

【出典】『晴明歌占』・凶

手ですくった水に映る月は、手を離すと一瞬でなくなってしまう。そんなふうに、あるかないかもわからないくらい、はかない世に生きているのだなあ。

江戸時代の和歌占い本『晴明歌占（せいめいうたうら）』[*1]に収められた歌。『晴明歌占』は平安時代の陰陽師安倍晴明がつくったという伝承をもち、序文には晴明が入唐して伯道上人の弟子となり、占いの伝授を受けたとある。[*2]晴明は占いの権威として江戸時代を通して人気があり、浅井了意の仮名草子『安倍晴明物語』[*3]（寛文二年（一六六二）刊）以降、晴明の名をつけた占書が多く刊行された。[*4]本書も、そのような江戸の晴明ブームの中でつくられたものだが、所収歌そのものは

＊1　『せいめい／うた占全』一冊（架蔵・安永七（一七七八）年刊、成蹊大学蔵・刊年不明版）。

＊2　この序文の内容は晴明を撰者に仮託する陰陽道の書『三国相伝陰陽轄轄簠簋内伝金烏玉兎集』（『簠簋（ほき）内伝（ないでん）』）の由来に重なる。

安倍晴明と関係しない。

江戸時代の和歌占い本は、易占の六十四卦の影響を受けて六十四首から一首を選ぶものが多い。『晴明歌占』もその形式で、歌占を引く前には呪歌[*5]と天照大神・八幡大菩薩・春日大明神[*6]の御名を三回唱える。

右にあげた歌は紀貫之の「手に結ぶ水にやどれる月影のあるかなきかの世にこそありけれ」（『拾遺和歌集』哀傷）に基づく。貫之の辞世の歌とされ、病が重くなりつつあるときに友人の源公忠に送ったものである。

この歌は、世の無常を詠んだ歌として、歌占でもしばしば用いられた。たとえば、保元の乱を描いた軍記物語『保元物語』上（半井本）では、神がかりした熊野の巫女が歌占でこの歌を詠んで鳥羽院の崩御を予言している。手にすくった水に映る月のようにはかないことから死を連想したのである。

『晴明歌占』には、和歌の他に「〜ごとし」という和歌を何かにたとえた一文が添えられている。この歌の場合は「稲妻の光なきがごとし」で、命のはかなさを雷の光が一瞬で消えてしまうことにたとえている。おみくじの歌としても「無常」が解釈のキーワードになるだろう。

＊3　安倍晴明の一代記の後に、天文・日取り・人相の占いを付けた書。

＊4　『晴明通変占』『晴明秘伝見通占』『晴明秘伝袖鏡』など。

＊5　「いにしへの神の子どもの集まりて作りし占ぞ正しかりける」。25参照。

＊6　三社託宣の三神。天照・八幡・春日の三神を三尊形式に軸仕立てにして信仰することが室町時代前期頃から江戸時代を通して流行した。

29

かくばかり心の内の打ちとけてきみにむつ言いふぞうれしき

【出典】最上稲荷（最上稲荷山 妙教寺）・第二番・吉

これほど心から打ち解けて、あなたと親しく語り合えるのがうれしい。

最上稲荷（岡山県岡山市）のおみくじの歌。最上稲荷は法華経の信仰に基づくお稲荷様で、伏見稲荷・豊川稲荷とあわせて日本三大稲荷といわれる。稲荷といえば神社を想起する人も多いだろうが、最上稲荷は寺院である。正式名称は「最上稲荷山妙教寺*」。明治の神仏分離令の影響を逃れて現在も神仏習合の祭祀形式を残しており、江戸時代以前の信仰のありかたをうかがわせて貴重である。

そのおみくじにも神仏習合の要素が残る。一般に、神社では神のお告げとして和歌のおみくじを、寺院では中国から伝わった仏教系の漢詩みくじをもちいるところが多いが、最上稲荷のおみくじは仏教経典である法華経の句に

＊天平勝宝四年（七五二）に報恩大師の創建と伝わり、桓武天皇の勅願で竜王山神宮寺として開山したが、豊臣秀吉の高松城の水攻めの際に荒廃、慶長六年（一六〇一）に日蓮宗の日円が稲荷山妙教寺として復興したという。昭和二十九年（一九五四）

神のお告げとしてもちいられた和歌が添えられている。法華経の一節をおみくじに載せた例は他の日蓮宗の寺院（身延山久遠寺など）にも見られるが、法華経の一節（漢文）に「和歌」が添えられている点が大きな特徴である。

右の歌は、法華経の如来寿量品第十六「令其生渇仰　因其心恋慕」（其れをして渇仰を生ぜしめ、其の心恋慕するに因りて）に添えられたもの。法華経の肝要として重んじられる「自我偈」の一節で、人々が苦しんでいるときに仏が姿を現さないからこそ、衆生が仏を仰ぎ求め、恋い慕う心が生まれるという。この一節に対して右の歌と「かぎりなくおもう人にあうがごとし」という一文が書かれる。和歌の「むつごと（睦言）」は親しく語り合うこと、とくに男女が一夜を共にしたときの親密な会話をいい、古今集の時代から恋歌に詠まれてきた。仏教への求道心を恋心にたとえて理解しやすくした歌である。

おみくじの表には江戸時代からの木版が、裏には活字におこしたものが印刷され、現在でも江戸のおみくじの世界が味わえる。二〇一七年には外国人参拝者の増加にともなって英訳版もつくられた。なお、最上稲荷のおみくじの歌は江戸時代の和歌占本『晴明歌占』（28参照）と重なるものが多く、右の歌も『晴明歌占』に収められている。

に宗教法人最上稲荷総本山妙教寺として独立した。現在の社殿は寛保元年（一七四一）に改築されたもの。

30

難波潟かすまぬ波もかすみけりうつるも曇るおぼろ月夜に

【出典】『歌占　萩の八重垣』・天3

難波潟では霞むはずのない波が霞んでいるなあ。朧月は波に映っても曇って見えるから。

江戸時代の和歌占い本『歌占　萩の八重垣』*1に収められた歌。もとは正治二年（一二〇〇）に後鳥羽院が主催した正治後度百首において「霞」題で詠まれた源具親の歌である。同じ後鳥羽院の下命による第八勅撰和歌集『新古今和歌集』*2にも収められている。

初句の「難波潟」（現在の大阪湾）は摂津国の歌枕。能因*3（九八八〜？）の春歌「心あらん人に見せばや津の国の難波わたりの春のけしきを」（後拾遺集）の影響により、難波の春はさまざまなイメージで歌人たちに詠まれた。右の歌は難

*1 『享保以後江戸出版書目　新訂版』に寛延元年（一七四八）刊として所載。写本は享和元年（一八〇一）書写本（架蔵）のほか、安政六年（一八五九）に江戸幕府最後の天皇である孝明天皇（一八三一―一八六七）の書写本（東山御文庫蔵）や書写年代不明の宮内庁書陵部蔵本

波の春のおぼろ月が波に映るさまを「うつるも曇る」と印象深く詠んでいる。

この表現は映っているが曇っているという意味だが、どちらともつかない曖昧さのためか、伝統的な和歌の世界ではみだりにもちいることが禁じられた。『新古今集』の編纂に中心的な役割を果たした藤原定家の息子為家は、その歌論『詠歌一体』において、この「うつるも曇る」を詠歌への安易な使用を禁止した「制詞」としている。

しかし、この表現は、両義的な意味を持っているため、占いとして解釈するには、かえって好都合である。おみくじの歌には月がよくもちいられるが、晴れた月は明るい展望を、曇った月は何らかの障害の比喩となる。

この歌を載せる歌占本『萩の八重垣』には六十四首の歌が収められ、右のような勅撰集歌の他、室町時代の写本『歌占』（24参照）と共通する歌、謡曲『歌占』の歌などが含まれている。写本や版本が複数伝わるが、いずれも和歌だけで吉凶がなく解説もないこと、古歌を多く採用していることから、和歌を読み解ける人々を中心に広まったと考えられる。


等がある。
＊2　02脚注。
＊3　平安時代中期の僧侶・歌人。中古三十六歌仙の一人。

31

常盤なる松のみどりも春くれば今ひとしほの色まさりけり

【出典】「平安神宮おみくじ」・第一番・大吉

常に変わらない松の緑も、春になるとよりいっそう色濃く美しくなるものだなあ。

平安神宮[*1]（京都市左京区）のおみくじの歌。平安神宮のおみくじには、右のような自然を詠んだ歌と、「わがままは通らぬものと知り分けて人にしたがへ神にしたがへ」（第二番・小吉）のような教訓的な歌がある。

右にあげたのは第一番にふさわしく、一年を通じて変わらず緑の松が春を迎えていっそう色美しく見えるさまを詠む。もとは『古今和歌集』に載る源宗于（むねゆき）[*2]（?〜九四〇）の春の歌で、江戸時代の歌占本『萩の八重垣』にも収められている（30参照）。

＊1 明治二十八年（一八九五）に平安京遷都一一〇〇年を記念して、平安京に遷都した桓武天皇を御祭神として創建され、昭和十五年（一九四〇）には平安京最後の天皇である孝明天皇が合わせまつられた。社殿は、都の中心であった大内裏の政庁「朝堂院」を八分の五スケー

おみくじの歌の下には、歌の意味とそこから導かれる運勢や教訓が添えられ、和歌がお告げとして理解しやすくなっている。この歌の場合は次のような解説がある。

人世(ひとのよ)を清く正しく自分が選んだ道を歩んでおれば変化が無いようであっても時が来れば、その養った力をなお一層発揮出来て、人もうらやむ幸せを得る事が可能である。常に自分を鍛え軽挙妄動を慎むこと。

右の解説によると、歌の「常磐の松」は清く正しく自分が選んだ道を歩くことで、春になるといっそう色がまさるというのは時が来れば地道に養った力をなお一層発揮できることだという。最後の、「常に自分を鍛え軽挙妄動を慎むこと」は、永遠に続く常磐の松から想起されたイメージだろう。

平安神宮は桜の名所として知られ、通常のおみくじの他、開花の時期にあわせて期間限定の「桜(はな)みくじ」も引ける。吉凶のかわりに「つぼみ、つぼみふくらむ、咲き初む、三分咲き、五分咲き、八分咲き、満開」の七段階と「ことわざ」が示された桜色のおみくじである。

ルで復元したもので、京都復興の象徴として広く崇敬されている。

＊2　平安時代中期の歌人。是忠親王の皇子、光孝天皇の孫。源姓を賜り、臣下となる。三十六歌仙の一。『古今和歌集』以下の勅撰集に十五首入集。家集『宗于集』。

32

恐也八岐大蛇切散尾従得都牟苅太刀（かしこしややまたのおろちきりはふりをよりえたまふつむかりのたち）

【出典】「戸隠山御神籤」・第三十八番・大蛇退治兆（おろちはふりのうらかた）・吉

――畏れ多いなぁ。八岐大蛇を切り裂いて、その尾から「都牟刈（つむかり）の太刀」を得られたのは。

戸隠神社（長野県長野市）[*1]「戸隠山御神籤」の歌。『古事記』『日本書紀』の神話に基づく和歌で、すべて漢字で表記されている。和歌を漢字で記すのは『古事記』や『日本書紀』が漢字で書かれていることを意識したものだろう。

このおみくじは、安政六年（一八五九）に刊行された日本神話によるみくじ本『神代正語籤』の歌に基づく。[*2]『神代正語籤』は尊皇攘夷の機運が高まった幕末に、神道独自のおみくじを目指して作られた。

右の第三十八番はスサノオノミコトによるヤマタノオロチ退治の神話をふ

＊1　平安時代から修験道の霊場として知られる霊山戸隠山の麓にある神社。江戸時代には徳川家康の保護を受けて栄え、明治以降、神仏分離で戸隠神社となった。奥社・中社・宝光社・九頭龍社・火之御子社の五社からなるが、このおみくじを引けるのは、奥社・中

まえたもの。『古事記』の一伝本によれば、スサノオが出雲でヤマタノオロチを退治した後、その尾を切り裂くと「都牟刈（つむかり）の太刀」が出てきたという。この太刀は、「天叢雲（あめのむらくも）の剣」とも言われ、天界のアマテラスに献上され「草薙の剣」としても伝わった。

おみくじの解説には「是（これ）はいきおひ猛（たけ）くして大山の崩るるにもおぢず、人のために苦労をいとはずして功（いさを）をたつるの兆なり。末に至りてよし。これまで心にまかせぬ事のみおほかりしも一時に人に敬ひ尊まるる身となるべし」とある。乱暴をはたらいて天界を追われたスサノオが地上に降り、そこで出会った出雲の国つ神のためにヤマタノオロチを退治したことをふまえており、運勢の解説も神話に依拠していることがわかる。

このおみくじは自分で引くのではなく、神職に自分の年齢を含む祝詞を唱えてもらってからいただく。神様のことばをいただくためには祈りが重要なのである。神の託宣としての重みを感じられるおみくじといえよう。

社・宝光社の三社。

＊2　杭全神社（大阪）、天河神社（奈良）なども、この本と同系統の和歌みくじ。

照る月にしばしくまなす村雲も神のみいきの風のまにまに

【出典】笠間稲荷神社・第二十九・吉

照り輝く月に群雲がかかってしばらく暗くなっても、神の御息である風が吹くのにまかせて、いずれその雲は吹き払われる。

笠間稲荷神社（茨城県笠間市）のおみくじの歌（口絵）。笠間稲荷神社では多種多様なおみくじを引くことができるが、[*1] ここで取り上げるのは昔ながらのおみくじで江戸時代の版木を印刷したもの。版木のままでは読みにくいため、横に活字でも印刷されている。このおみくじの上部に刷られているのが「照月邇暫久／万名壽村雲／母神迺御息／箟風乃随意」の四行で、すべて漢字だが漢詩ではない。右の和歌が活字で書かれているから「照月邇暫久万名壽（てるつきにしばしくまなす）

*1 きつねみくじ、血液型おみくじ、七福神おみくじ、繭みくじ等々。

村雲母神酒御息箟風乃随意」と読むことがわかる。

笠間稲荷神社の創建[*2]は、孝徳天皇（第三十六代天皇）の御代、白雉二年（六五一）と伝えられる。この時代の日本語は日本語の読みに漢字をあてる「万葉仮名」[*3]で書かれていた。右にあげたような漢字による表記は神社創建の時代に思いを馳せるきっかけになる。第五句の「まにまに」（「～ままに」の意）も『万葉集』の時代に多く用いられた表現で古風な印象を与えている。

同じように漢字で和歌が表記されている戸隠神社（32参照）のおみくじは日本神話に基づく歌であったが、笠間稲荷の歌は人の運勢を自然になぞらえたもの。自然を詠んだ歌で吉凶を占うのは、おみくじの和歌にしばしば見られる。この歌は、照り輝く月を隠してしまった雲を吹き払う風、それを神の「御息」ととらえる点がおみくじらしい。添えられた解説も歌の内容をふまえたもので「人に疑われるようなことがあっても、直ぐ晴れるから心配はない」とある。

*2　御祭神は宇迦之御魂神。農、工、商、水産など殖産興業の守護神であり、笠間稲荷は日本三大稲荷のひとつとして広く信仰を集めている。寛保三年（一七四三）に笠間城主井上正賢が神域の整備や諸社殿の修営を行い、歴代藩主から篤く尊崇された。

*3　漢字の音や訓などを用いて日本語をあらわした仮名文字。『万葉集』をはじめ、飛鳥・奈良時代の文献に広く用いられた。

34

稲荷山（いなりやま）けふきさらぎの初午（はつうま）に乗りてぞ神は人をみちびく

【出典】伏見稲荷大社「総本宮稲荷大社神籤」・二十二番・末大吉

二月の初午の今日という日に、稲荷山に鎮座された神は、馬に乗って人を導くのだ。

伏見稲荷大社（京都市伏見区）「総本宮稲荷大社神籤」の歌。伏見稲荷大社は全国に約三万社ある稲荷神社の総本宮で、奈良時代の和銅四年（七一一）に、稲荷大神[*1]が稲荷山に鎮座して以来、一三〇〇年以上の歴史を持つ。五穀豊穣、商売繁昌、家内安全、所願成就の社として信仰されている。稲荷山につらなる朱色の千本鳥居は圧巻で、近年は海外からの参詣者も急増している。

おみくじの歌には「神」や「稲荷山」が詠まれたものが多く、右の歌はその両方を含む。歌の内容は稲荷大神が稲荷山に鎮座されたのが二月の初午の

*1 主祭神宇迦之御魂大神（うかのみたまのおおかみ）、佐田彦大神（さたひこのおおかみ）、大宮能売大神（おおみやのめのおおかみ）、田中大神（たなかのおおかみ）、四大神（しのおおかみ）の五柱の神。

日であったことをふまえたものである。「午」には「馬」が掛けられ、山の神が田の神として降臨するときは馬に乗ってくるという伝承に基づいている。「初午」は二月の初めの午の日で、現在も神徳を仰いで行なわれている「初午大祭」は多くの人でにぎわう。初午の稲荷詣は平安時代から盛んであった。清少納言も『枕草子』で二月初午の稲荷詣の様子を記し、坂道を休みつつ苦労して上る自分と日に七度も詣でるという女性の姿を対照的に描いている。

おみくじの解説にある「思わぬ他人の助けによって、思う事の成就する兆である」は神の乗る馬から導かれたものだろう。稲荷大神は稲をはじめ五穀豊穣の神であり、農業において馬は大きな助けになるものだった。

伏見稲荷大社には、紙のおみくじだけでなく、おみくじの歌の扁額もある。稲荷山の参道に点在するお社には全三十二首を示した扁額と番号を振り出すみくじ箱が備え付けられており、参詣の道中におみくじが引ける。

おみくじの結果にも特徴がある。右にあげた「末大吉」の他、大吉の上の「大大吉」、大吉に向かう「向大吉」、はじめ凶だが後に大吉になる「凶後大吉」など、大吉につながるものが多く、引いた人は励まされるだろう。[*2]

＊2　福を招く神社であることから、「凶」のみの結果はない。

35 祈るなる永遠の栄を都路の国常立の神の御前に

【出典】「城南宮おみくじ」・第二十二番・大大吉・常宮の兆

永遠に栄えるよう祈るのだ。都につづく道に鎮座する城南宮の国常立尊の御前で。

城南宮（京都市伏見区）の「大大吉」のおみくじの歌。城南宮では平成二十六年（二〇一四）におみくじを新しくし、大吉の上に「大大吉」が加わった。*1城南宮の創建は、延暦十三年（七九四）の平安京遷都にあたって、都と国の安泰を願って、国常立尊を八千矛神*2と息長帯日売尊*3に合わせまつって城南大神と尊崇したのがはじまりと伝わる。平安城の南に鎮座するお宮であることから「城南宮」という。平安時代後期に鳥羽殿（城南離宮）が営まれると歌会がしばしば催され、現在は雅やかな曲水の宴が年二回行われている。

右の歌は御祭神「国常立尊」に対して永遠の繁栄を祈ることを詠んだもの。国常立尊は、『日本書紀』の天地創成神話で、天地がわかれはじめたとき、

*1 「大大吉」のおみくじは伏見稲荷大社（京都）が早い例で、他にも靖國神社・桜みくじ（東京）、鎌倉宮（神奈川）、石浦神社（石川）など、近年増加している。
*2 大国主命に同じ。
*3 神功皇后に同じ。

すべての存在に先立って一番はじめにあらわれた神で、国土の中心として、その永遠の安定を意味する。*4

城南宮のおみくじは、右のように御祭神にかかわる和歌を載せる場合が多いが、和歌のかわりに『古事記』や『日本書紀』の一節が示されているものもある。いずれも御祭神や国の平安にかかわる内容である。

吉凶の他、お告げの内容を簡潔にあらわした「〜兆」という部分がある。「兆」とは古代の占いで亀の甲羅や動物の骨を焼いてできるひび割れの形のことで、占いの結果を示す。このおみくじの場合は「常宮(とこみや)の兆(うら)」。「常宮」は国常立尊が永遠に鎮座する城南宮の意味だろう。

城南宮は方角の災難を避ける「方除けの神」として信仰を集めることから、そのおみくじの項目も筆頭に「方位・方角」、次に「工事・引っ越し」がある。このおみくじの「方位・方角」の項目には「天地　八方　全て良く　十方円満なり」とあり、「天地」という表現に国常立尊のおみくじのスケールの大きさがあらわれている。ユニークなのは「幸運の御守」の項目で、「白色の御守」や「八角型の方除御守」などを具体的に勧めており、御守りをいただくときの決め手になる。

*4 『古事記』では国之常立神(くにのとこたちのかみ)と書かれ、天津神(あまつかみ)において別格の五柱の神に続いて六番目にあらわれる。

36

うるはしき神のみさとしあるからは万(よろづ)の願ひ叶ふとぞ知れ

【出典】『神籤五十占』第一号・大吉

美しい神のお告げがあるのだから、あらゆる人の願いは思うままに叶うのだと知りなさい。

明治三年（一八七〇）に刊行された白幡義篤編『神籤五十占』*1（国立国会図書館デジタルライブラリー所収）に収められた歌。本書は和歌みくじの一つの画期となった貴重な資料で、現在も本書に収められた歌をおみくじにもちいる神社は少なくない。*2

本書の序文によれば、明治維新以前は神社でも仏教系の漢詩みくじ（元三大師御籤）を用いていたが、明治維新で神仏分離令が発布され神仏習合が廃止されたため、神社は神社にふさわしい神歌による占法をもちいるべきである

＊1　本書の表紙見返しに「平田先生門人」とあることから、編者の白幡義篤は平田派の国学者と推測されている。

＊2　地域的には関西の神社に多く、今宮神社、敷地神社(わら天神)、水火天満宮、御髪神社、松尾大社、吉田神社（以上、京都）、長田

から出雲大社で神歌の御諭しをいただいたという。明治維新以後、神社はそれまで使っていた仏教系の元三大師御籤をやめ、神社独自の和歌みくじをもちいるようになったのである。

書名に『神籤五十占』とあるように、神のお告げとしてのおみくじで、第一号〜五十号までの五十首が収められている。右の歌のように「神」を詠んだものが多い。どの歌の解説も「此御諭（このみさとし）の神歌は……」からはじまっており、ここにも、神の御諭し、つまりお告げとしての和歌の役割があらわれている。

解説は丁寧で和歌一句ごとに添えられている。たとえば、この歌の場合、「神のみさとし」の解説として、こうやって籤を引いて神に吉凶をうかがい、この第一番の御籤に当たるというのは善き事がやってくる証拠なのだとある。一番を引くことが幸運と関連づけて書かれており、全国的に、おみくじの一番に大吉が多い理由とも関連して興味ぶかい。

神社、廣田神社、西宮神社（以上、兵庫）、関東では王子神社（東京）など。おみくじの歌の一部に『神籤五十占』所収歌をもちいる神社も含む。

37

もつれてはもつれもやらず春風になびきてもなほなびく青柳

【出典】十文字学園女子大学図書館蔵「和歌みくじ」・第六番・吉

青柳は、もつれたと思えば、もつれたままでもなく、春風になびいて、さらになびいている。

江戸時代末期から明治時代頃の和歌みくじの歌。十文字学園女子大学図書館所蔵「和歌みくじ」全五十番[*1]の一首で、春風に吹かれる青柳の様子を詠んでおり、挿絵にも青柳が描かれている。春風になびく青柳は「春風の霞吹きとく絶え間より乱れてなびく青柳の糸」[*2]（新古今集・春・七三・殷富門院大輔）のように、春の景色として和歌に長く詠まれてきた。おみくじの和歌は古歌の世界をふまえたものが多く、この歌もその一例である。
おみくじの歌の特徴の一つに同音表現の繰り返しがある。この歌の「もつ

＊1　全50番のうち、大吉2、吉15、半吉8、末吉4、半凶9、凶12で、大吉と吉が17、半凶と凶が20で四割が凶。現代のおみくじに比べると吉凶判断はかなり厳しい。

＊2　訳「春風が霞を吹きちらす絶え間から、糸のよう

れてはもつれもやらず」「なびきてもなほなびく」も「もつれ」と「なびき」が繰り返されてリズムが良い。このような特徴は神仏のお告げの歌にも当てはまる。[*3]

この歌の解説には「くぜつごともめ合ごとなど有ことおもへば、かへつて中むつまじき也」とある。「くぜつ（口舌）」「もめ合ごと」は痴話げんかのことで、春風に吹かれてもつれてはなびく柳を人の様子にたとえる。争いがあるのは、かえって仲がいい証拠、俗に言う「けんかするほど仲がいい」ということである。

このおみくじには「住居」「旅人」「待人」「病」「縁談」「失物」「走人」「妊娠」「願望」等の項目がある。第六番で「旅立」の項目に「旅立ち　春はよろし」とあるのは、この歌が「春風」に「青柳」という春の景物を詠んだもので、四季のはじまりである春に吹く「春風」には旅立ちを後押しするイメージもあるからだろう。このように、おみくじの和歌とその解釈は関連しているのである。

な青柳の葉が乱れてなびいている」。

*3　春日明神の託宣歌「人知れずいまやいまやとちはやぶる神さぶるまで君をこそ待て」（新古今集・神祇・一八五八）など。

唯たのめたのむ願（ねがひ）のまごころにあらばうけなむたのむねがひを

ひたすら頼りにしなさい。頼んだ願いに真心があれば、きっと引き受けよう。頼んだ願いを。

【出典】今宮戎神社・四十二番・吉

今宮戎（いまみやえびす）神社（大阪市浪速区）[*1]のおみくじの歌。一首に「たのめ」「たのむ」「願」「ねがひ」と同音が多いのは、おみくじ歌の特徴である（37参照）。同音の繰返しと省略が多いので訳しにくいが、真心があれば願いを叶えるから、ただひたすら頼りにするがよいという神のお告げである。

清水寺（京都）の観音菩薩の託宣歌として平安時代から伝わる「ただ頼めしめぢが原のさしも草　我世の中にあらん限りは（私がこの世にいるかぎり、しめじが原のもぐさが燃えるように胸を焦がして思い悩んだときは、私を頼りにするがよい）」[*2]をふまえたものである。和歌にまつわる逸話を集めた歌

＊1　今宮戎神社は商売の神「えべっさん」として信仰を集め、江戸時代から続くお正月の「十日戎」の祭礼で有名。御祭神は天照皇大神・事代主命（戎さん）・外三神。聖徳太子が四天王寺を建立した際、四天王寺西方の守護神としてまつったのが始まりとされる。

＊2　「しめじが原」は栃木県の地名。歌枕。古来、も

学書『袋草子』（一一五六年頃成立）には、人生に悩んだ女がうまくいかなければ死んでしまおうと思っていたところ、清水観音が示してくれた歌とある。この託宣歌は鎌倉時代の勅撰和歌集『新古今和歌集』にも収められており、[*3]当時、広く流布したことがうかがえる。

右の歌は江戸時代の和歌占い本や明治時代の和歌みくじにも収められている。たとえば、江戸時代の和歌占い本『晴明歌占』（28参照）には、この歌に「神の守りあるがごとし」というたとえが添えられており、江戸時代の和歌占いが神仏の守護を意識していたことが示されている。

さらに幕末から明治時代頃のおみくじと考えられる十文字学園女子大学蔵の和歌みくじ（37参照）四十二番にも、この歌がもちいられている。今宮戎神社のおみくじには他にも十文字学園のおみくじと共通する歌があり、現代に伝わるおみくじの和歌が、さまざまな古いおみくじや和歌占い本につながっている可能性を示して興味ぶかい。

初句の「ただたのめ」は観音霊場における巡礼歌にしばしば見られる表現である。[*4]

ぐさの産地として知られた。

*3　初句「なほたのめ」。他に鎌倉時代の説話集『沙石集』などにも載る。

*4　江戸三十三観音、第二番札所、清水寺（せいすいじ）（東京都台東区）、「ただたのめ千手のちかひひろければかれたる木にも花さくといふ」等。

39

ふる雨はあとなく晴れてのどかにもひかげさしそう山ざくらばな

【出典】日本各地の神社・六番・大吉

降っていた雨はすっかり晴れて、山桜の花に日の光がのどかにさしている。

日本には八万以上の神社が存在する。* 地方の氏神さまをはじめ、日本各地の神社の多くでおみくじが引けるのは、山口県にある「女子道社」のおかげである。神社のおみくじは和歌でお告げが示されたものが多いが、そのルーツの一つがここにある。その発祥は、明治三十九年（一九〇六）に「女子道社」の母体である二所山田神社（山口県周南市）の宮司であった宮本重胤氏が、女性の自立を促す教化活動の一環として機関誌『女子道』を創刊したことにさかのぼる。この機関誌発行の資金源としておみくじが考案され、当時の宮司が明星派やアララギ派の歌人でもあったため、そこに和歌が示された。

* 文化庁の平成29年度宗教統計調査によれば、二〇一七年の時点で日本には八万四千七百七十一社の神道系の宗教法人がある。

女子道社は現在、「開運みくじ」「英和文みくじ」「こどもみくじ」「恋みくじ」など十数種に及ぶおみくじをつくっているが、右にあげたのは、そうした和歌みくじの一つで、自然の風景を詠んで人間の運勢を示している。降っていた雨があがり、のどかな春の日射しが山桜を照らしている様子を詠んだもので、解説には「御祐助をこうむって、福徳増しなお日に進んで望事は心のままになる」とある。「御祐助」は神のお助けの意味で、日の光が神の恵みをあらわしている。春の日射しは徐々に光を増していくから、「大吉」なのだろう。しかし、大吉でも、おみくじは同時にいましめも示す。ここでは「心驕り身を持ち崩して災いを招く恐れ」があるから、「心正直に行い正しく身を守」るよう、助言している。

女子道社の和歌みくじは、考案された当初から神道の教えを広めることも意図していたようである。そのため現在の女子道社のおみくじの大半にはおみくじの和歌の裏に「神の教」が記されている。このおみくじの場合は「あつい寒いと嘆くも無駄よ、苦情いわずに、にこにこと」とある。不平を言うことは神様の御心にそむく無駄事だというのである。この「神の教」も日頃の指針になるだろう。

40 ほのかにも寄せ合う心の温かく抱けばいとしいバラ色の恋

【出典】恋みくじ（日本各地の神社等）・第二十八番・中吉

ほのかにも寄せ合う心が温かく、相手を抱きしめれば愛しい気持ちになる、これがバラ色の恋だ。

おみくじと一口にいっても、さまざまな種類がある。* そのなかでも若い人に人気なのが「恋みくじ」だ。

右にあげた歌は、日本各地の社寺などで引くことのできる恋みくじの一首。注目したいのは、恋みくじでも五七五七七の「恋の歌」でお告げが示されていることだ。しかも、その恋の歌は昭和のポエムや歌謡曲を思わせるようなもので時代を感じさせる。歌の下に書かれた「愛情運」も、歌の内容としっかり関連づけられている。

右にあげたのは「バラ色の恋」の歌で、いとしい恋人と心を寄せ合って抱

＊ 男女でわかれた男みくじ・女みくじ、勝負運を占う勝運みくじ、七福神やパワーストーンなどの御守りつきおみくじなど、対象や目的にあわせて多種多様なおみくじが生まれている。

き合うときの高揚感を「バラ色の恋」と表現している。恋の絶頂期ともいえる「バラ色の恋」なのに、運勢は「中吉」。その理由は解説を読むとわかる。「バラ色の恋の夢も覚めればトゲの刺す様な淋しさと儚(はか)なさに苦しむでしょう。恋の甘酒(うまざけ)に酔うて溺れると不運を招きます」。つまり、バラ色の恋に溺れると、その酔いが覚めたとき痛い目にあうという。恋みくじは、どちらかというと若者向けのはずだが、「甘酒（うまざけ）」という言葉に、このおみくじがつくられた年代がにじみ出ていているようで味わいぶかい。

この恋みくじの特徴として神さまへの信仰をうながす点もあげられる。これは神社で引くことが想定されているからで、「真心をこめて祈れば恋心叶えられましょ救われましょう」「このおもい告げるすべなく日々がすぎお祈りしましょう神々様に」のような歌がある。歌や解説を読むと、神さまが恋で重視しているのは「真心」だとわかる。

そのほか、「逢おうにも逢えない関所があるのです越えていきます手を取り合って」「大空に二人の星が輝いて心は熱く愛を語ろう」のような三十一文字のポエムが恋を導いてくれる。恋みくじを引いたら恋の歌から目が離せない。

41

色見えでうつろふものは世の中の人の心の花にぞありける

【出典】東京大神宮「縁結びみくじ」・二十五番・中吉・進展の兆

それとははっきり見えないのに移り変わってしまうのは、世の中の人の心に咲いている花だったのだなぁ。

東京大神宮（東京都千代田区）「縁結びみくじ」の歌。このおみくじには、小野小町・在原業平・紀貫之など、いにしえの王朝歌人たちの恋歌が載せられている。右の歌は小野小町の有名な一首。『古今和歌集』[*1]で恋の終わりの歌を集めた「恋五」に収められており、人の心のうつろいやすさ、心がわりの悲しみを詠んだものである。

しかし、このおみくじは本来の歌の意味を離れて、縁結びのおみくじとして、あくまでも前向きに解釈されている。たとえば、この歌の場合は「進展

＊1　01脚注。

の兆」とあり、歌に詠まれた人の心の変化を「進展」ととらえているのである。和歌の解釈の幅の広さを実感させてくれるおみくじといえよう。

「縁むすび」に特化しているため、解説の項目は「交際」と「出会い」の二つ。「交際」には「徐々に順調にまとまる」、「出会い」には「明るい将来が開ける」というのが「進展」の解釈だろう。

東京大神宮は明治十三年（一八八〇）に東京における伊勢神宮の遙拝殿として創建され、「東京のお伊勢さま」と称されている。伊勢神宮の御祭神の他、タカミムスビノカミ・カミムスビノカミという、万物の生成をつかさどる神様を御祭神としており、「縁結びの神社」として妙齢の女性の信仰を集めている。明治三十三年（一九〇〇）、当時の皇太子殿下（後の大正天皇）のご成婚を記念して、現在広く行われている神前結婚式を創始したことでも知られている。

おみくじにも力を入れており、この「縁結びみくじ」は栞として使える三つ折りタイプで、和歌の上には梅や桜、藤などの花の絵が添えられ、開くと花の香りがただよう。他にも、縁むすびに関連して多様なおみくじを引くことができる。*2

*2 王朝歌人の恋の贈答歌を載せる「恋文みくじ」、和紙の人形が付いた「恋みくじ」（40参照）、願いごとが書き込めて、中を開くと立体的に花が出てくる「華みくじ」、性格診断や相性診断が書かれ、縁起物付きの「血液型みくじ」、ご縁を導く「幸せ結びみくじ」、「英文みくじ」など。

42

正直を心にこめて願ひなば我(わ)れも力を添へて守らむ

【出典】鞍馬寺・第一番・大吉

正直を真心こめて願うなら、私も力を添えて守護しよう。

鞍馬寺（京都市左京区）[*1]のおみくじ第一番の歌。こちらのおみくじの歌には鞍馬寺を総本山とする鞍馬弘教の教えが随所に込められている。

おみくじに書かれた解説によれば、第三句目の「我れ」は、鞍馬山の本尊である「尊天」のことである。「尊天」とは、鞍馬寺本殿に本尊としてまつられた千手観音菩薩、毘沙門天王、護法魔王尊の三尊で、この三尊を一体として「尊天」と称する。[*2]初句の「正直」も「尊天の御心」で、その心と自分の真心が合わさると偉大な力となり、真心をもって天下の大道を進めば大き

＊1　鞍馬寺は、京都北部の杉や檜が生い茂る鞍馬山中腹にある。清少納言が『枕草子』に「近うて遠きもの」として「くらまの九十九折といふ道」と書いているように、山上の鞍馬寺へは「九十九折(つづらお)り参道」と呼ばれるジグザグの道をのぼっていく。鞍馬寺に預けられ

な守護を得られるという。

寺院のおみくじは漢詩のものが多いが、鞍馬寺のおみくじは和歌である。これは鞍馬弘教の初代管長である信樂香雲が与謝野鉄幹・晶子に和歌を学んだ歌人であったからだろう。第一番から第十二番までと数は少なめだが、先に示した和歌をはじめ、解説や小項目にもお告げが満ちあふれている。

たとえばこの歌の解説には「よろずのことは尊天の加持力と行者の功徳力と法界力によりて成る（鞍馬弘教教条）」と、鞍馬弘教の教えの一節が引かれているし、小項目でも「運気強し（尊天の御守護に生くるの自覚に立つ可し）」と尊天の守護に触れている。おみくじの最後には「注意」の項目もあり、欄外にも鞍馬の教えが書かれる。

寺伝によれば、鞍馬寺は奈良時代の創建と伝わり、平安時代以降は朝廷から庶民までの幅広い信仰を集めた。真言宗、古神道、陰陽道、修験道など、多様な信仰の影響を受けている。昭和二十二年（一九四七）、当時の住職の信樂香雲がこうした信仰の歴史を統一して「鞍馬弘教」として立教開宗し、鞍馬寺は天台宗から独立して鞍馬弘教の総本山となった。

ていた若き日の源義経（牛若丸）が鞍馬山の天狗を相手に兵法の腕を磨いたという伝説でも有名。

＊2　千手観音菩薩は月輪の精霊で慈愛の象徴、毘沙門天王は太陽の精霊で光の象徴、語法魔王尊は大地の霊王で活力の象徴。これらの尊天は、この世の全存在を生み出す宇宙エネルギーとされる。

43

もやもやと心にかかる霧雲の晴れわたる日の近さをぞ待つ

【出典】長建寺・第37・末吉

もやもやと心にかかる霧雲がすっきりと晴れる日も近いだろうと待っている。

長建寺（京都市伏見区）のおみくじの歌。寺院では観音菩薩のお告げとされる中国伝来の漢詩みくじ[*1]が多いが、こちらのおみくじはその漢詩みくじを、わかりやすく和歌にしたものである。その歌は日本歌人協会に属する歌人であった亀山久雄氏によるもので、昭和四十年（一九六五）ごろにつくられたという。

この歌も「もやもやと」という現代的な表現に親近感がわく。本来の漢詩は「陰霾未能通（陰霾、未だ通る能はず）／求名亦未逢（名を求めて亦た未

＊1　天台宗の中興の祖である元三大師良源がつくったとされる、いわゆる「元三大師御籤」。江戸時代に大流行し、現在でも寺院で一般的にもちいられている。

だ逢はず）／幸然須有変（幸然、須らく変あるべし）／一箭中双鴻（一箭、双鴻に中る）」[*2]で、ものごとは思い通りにいかないが、そのうちに思った以上の幸せがやってくるという意味である。漢詩の構成は絶句らしく起承転結だが、和歌ではそれを「心にかかる霧雲」の晴れわたる日が近いと詠んでおり、自分の心にかかわることとして受け止められるような工夫がある。

解説にも「夜が明けるのを待つような運勢」で「いろいろと心を労することの多かったこれまでをすっかりわすれ去るほどのよい運」とあって、漢詩の内容をかみくだいていることがわかる。おみくじの文字は手書きで、いっそうの味わいを深めている。

長建寺は元禄十二年（一六九九）に建立された真言宗醍醐派の寺院で、豊臣秀吉が築いた伏見城の城下町伏見にある。京と大阪を結ぶ淀川の支流と本流にはさまれた中書島にあり、京都で唯一弁財天を本尊としてまつることから「島の弁天さん」とも呼ばれて親しまれている。弁財天の祈願を込めたという宝貝の御守りも有名である。

＊2 「雲が暗くたれこめて太陽の光もまだ射さない。／名をあげようとしても、これもまだ機会がない。／しかし、幸運が舞い込んできっと変化がある／一本の矢が二羽の鴻（大型の水鳥）に命中するようなことがあるだろう」の意味。

44

浮船に長く乗りたく思うなら心の舵の油断するなよ

【出典】神楽岡　宗忠神社（京都）／大元　宗忠神社（岡山）「開運みくじ」・第四番

浮いている舟に長く乗っていたいと思うなら、心の舵取りを油断してはいけない。

黒住教の教祖である黒住宗忠（一七八〇—一八五〇）をまつる宗忠神社「開運みくじ」の歌。宗忠神社は、京都の神楽岡と宗忠生誕地の岡山市北区上中野（大元と通称）に鎮座する。*

黒住宗忠は備前国（岡山県）にある今村宮の禰宜であったが、胸の病が心のもちようで突如として回復する体験をして神秘的境地に至った。その経験をもとに布教活動をはじめ、生き神として信仰され、庶民をはじめ、当時の孝明天皇や貴族、武士からも尊崇された。この宗忠の教えをもとに新たな神道

＊神楽岡・宗忠神社は、文久二年（一八六二）に門人の赤木忠春が宗忠大明神（黒住宗忠）をまつる神社として京都神楽岡に創建。大元・宗忠神社は、御祭神の生誕地である岡山に明治十八年

の一派として創始されたのが「黒住教」である。

宗忠は和歌の形式で心境を詠んでおり、それが黒住教の実質的な教えの内容となっている。宗忠神社のおみくじは、御祭神としてまつられている宗忠の和歌「御歌」による。右の歌は、浮船のように不安定な世の中を長く渡っていくつもりなら、心をコントロールすることが何より大切であることを説いている。

おみくじの歌の上には「御教語」として、和歌の内容がひとことで言い換えられており、その解説もある。右の歌には「自然に任せよ」とあり、解説には「自然に任せるというのは諦めるのではなく、大自然のいとなみと共に素直に生きること」とある。大海に浮かぶ船のように波の流れに任せつつ、その中で心の舵をとるのがよいということだろう。

（一八八五）に創建。国学者・足代弘訓が宗忠の教えを「神道の教えの大元」と讃えたことで生誕地が「大元」と呼ばれるようになった。

45 去年の実はことしの種となりにけり今年のみのり来るとしの種

【出典】「報徳二宮神社おみくじ」・大吉

去年とれた種は今年植える種となったのだなぁ。そして今年実った種は来年の種になるのだ。

報徳二宮神社（神奈川県小田原市）[*1]のおみくじの歌。報徳二宮神社は勤勉の手本として知られる二宮尊徳[*2]（一七八七―一八五六）を御祭神としてまつる。二宮尊徳は江戸時代後期に活躍した農政家で、苦学の末に没落した一家を再興し、幕臣として取り立てられて疲弊した諸藩・諸村の復興に尽力したことで知られる。

尊徳は自らの農業の実践と独学で学んだ神道・仏教・儒教から導き出した「報徳」の精神をとなえ、折に触れて、その教えを和歌に詠んだ。それは「報

*1 報徳二宮神社は明治二十七年（一八九四）、二宮尊徳翁の教えを実践する伊勢・三河・遠江・駿河・甲斐六カ国の報徳社の総意により、尊徳が生まれ育った故郷小田原の小田原城の敷地内に創建された。

*2 「尊徳」は後に贈られた諱（いみな）、通称「金次郎」。

徳の道の歌」、略して「道歌」と呼ばれ、報徳二宮神社のおみくじにも「二宮尊徳先生道歌」としてもちいられている。

右の歌は、「蒔桃種、生桃草、発桃花、結桃実桃」、つまり、桃の種をまくと、その芽が出て、花が咲き、そして実を結ぶことをテーマに詠まれたものである。[*3] 歌の意味はわかりやすい。去年収穫した桃の実が今年植え付けするときの種となり、今年実った種は来年の種となるというのである。

桃の実を収穫するという農業の実践に基づく歌だが、これは人生にもあてはまる。去年やったことが今年の結果となり、今やっていることが来年の成果になる。当り前といえば当り前だが、それを十分に意識できている人は、どれだけいるだろうか。

おみくじは二つ折りで、表に吉凶と少年時代の尊徳のイラストが描かれている。イラストは大吉だと笑顔、大凶だと泣きっ面というように、吉凶に応じて描き分けられていて親しみやすい。

裏面には、良いおみくじは持ち帰り、凶を引いたときは氏名、年齢、お悩み事を記入して境内の「御祓箱」に入れておけば御祓いしてもらえると書いてある。人々を導き続けた尊徳翁らしい思いやりにあふれたおみくじである。

*3 嘉永二年（一八四九）「曾我別所村民次郎家株再興相続議定書跋文」（近世社会経済学説大系『二宮尊徳集』315～326頁所収）。

46

有明の月影さゆる雪の上にひとりこほらぬ梅が香ぞする

【出典】乃木神社／赤坂王子稲荷神社・第弐拾弐番・吉

夜明けの月の光が冴え冴えと照らす雪の上に、ただひとり凍ることのなく梅の香りが漂っている。

乃木神社（東京都港区）のおみくじの歌。正確には、乃木神社境内に鎮座する赤坂王子稲荷神社のおみくじで、おみくじには「乃木将軍特別崇敬の赤坂王子神社」とある。[*1]

おみくじに載る歌は、御祭神としてまつられた明治時代の軍人　乃木希典（一八四九—一九一二）が詠んだものである。乃木は日清・日露戦争で活躍した明治時代の陸軍軍人で、「乃木大将」「乃木将軍」として知られる。明治天皇の崩御にあたって妻とともに殉死した際、多くの人々が行列をなして乃木邸

＊1　赤坂王子稲荷神社は、乃木神社の御祭神である乃木希典・静子夫妻が篤く崇敬したことで、昭和三十七年に王子稲荷神社（東京都北区）から乃木神社境内に勧請された。

までの坂を上り、その弔いに訪れたという。大正元年（一九一二）には、乃木の死を悼み、区議会の決議で、それまで「幽霊坂」と呼ばれていた坂が「乃木坂」に改名されたという歴史もある。

乃木は和歌や漢詩、書画にも優れ、文武両道の神として信仰されている。その和歌も巧みなものが多く、表現に工夫がある。

右の歌は晩年の明治四十四年（一九一一）一月二十一日の雪の暁の詠で、新年の歌の御題として出された「寒月照梅花」を詠んだもの。[*2]「冬の冷たい月が梅の花を照らす」という題だが、新春の梅の香りを印象づけるのは四句目の「ひとりこほらぬ」だろう。雪の薄明かりに中で漂う梅の香を「ひとり」と擬人化し、雪で冷え込む夜明けに馥郁（ふくいく）とした香りを放つ梅を「こほらぬ（凍らない）」と詠んでいる。冴え冴えとした月の光と対比することで、春を感じさせる梅の香の存在感をあざやかに印象づけた歌である。

おみくじの「運勢」も、和歌の意味をふまえたもので、「雪の上にかすかに梅の香りが漂い、曙の月が射しています。幸運は直ぐ目の前に来ているのです」とある。和歌そのものの世界をじっくりと味わいたいおみくじである。

＊2　中央乃木会編『乃木将軍詩歌集』（日本工業新聞社、一九八三）所収。

47

しぐれには濡(ぬれ)ぬ紅葉や無(なか)るらん一(ひと)むらくもの山めぐる見ゆ

【出典】「高津宮神占」・第32番・凶

時雨が降ったら濡れない紅葉はないだろう。ひとかたまりの雲が山をめぐっているのが見える。

浪速高津宮（大阪市中央区）「高津宮神占」の歌。高津宮は、難波を皇都（高津宮）とした仁徳天皇[*1]を御祭神としてまつる神社で、貞観八年（八六六）に清和天皇[*2]（八五〇―八八〇）がその遺跡を探して発見した社殿跡に創建されたのがはじまりという。

高津宮のおみくじの歌は四季を詠んだものである。和歌に「解意」として短い解説だけが添えられたシンプルな構成で、和歌みくじの原点を感じさせてくれる。

＊1　第16代天皇。応神天皇の皇子。租税を免除し、土木開拓を推進するなどして、仁政をおこなったとされる。

＊2　第56代天皇。文徳天皇の第四皇子。清和源氏の祖。

右の歌の主題は時雨に濡れる山の紅葉。時雨は、秋の終わりから冬のはじめにかけて降ったり止んだりする小雨である。時雨が降ると、その下にある紅葉はどれも等しく濡れてしまう。でも、それもひとむらの雲が山の上空にあるあいだだけで、雲が動くにつれて雨は上がる。

このおみくじの「解意」は、この歌の内容を人の運勢に重ねたものである。「誰もかも日かげにいる身は皆同じ運あしきなり、あせるべからず、やがて日も照る花も咲く」とあって、時雨に濡れる紅葉を「日かげにいる身」と読み解いている。急に雨が降ると、その場の人がみな濡れてしまうように、運の悪いときはみんな同じだというのである。地震や大雨などの天災も想起されるが、それも、ずっと同じ状態が続くわけではないから、「あせるべからず」という。やがて雨が上がって日が照り、花も咲く。自然の摂理が見事に人間の運勢と重なり合っている。

高津宮のおみくじは凶が多めだが、内容をじっくり読むと含蓄のあるものが多い。同じ凶でも和歌が違えば内容も違うので、凶を引いたときこそ内容をじっくり読みたい。

48

打(うち)つけに淋しくもあるか八重ぎりのたちへだてたるのべの虫の音(ね)

【出典】「少彦名神社おみくじ」・第十九番・平

急に淋しくなることもあるだろうか。深い霧で幾重にも隔てられた野辺で虫の音を聞いていると。

少彦名神社(すくなひこな)（大阪市中央区）のおみくじ[*1]の歌。少彦名神社は日本の薬祖神である少彦名命(すくなひこなのみこと)と中国医薬の祖神・神農炎帝(しんのうえんてい)をまつり、「神農(しんのう)さん」の名で親しまれている。江戸時代の安永九年（一七八〇）に薬問屋の集まる大阪の道(ど)修町(しょうまち)にまつられたのがはじまりで、いまは国内の大手製薬メーカーが建ち並ぶビルの合間に鎮座する。

おみくじは季節の和歌とその心を説いた簡潔な解説が主で、そこに「縁談」「売買」「紛失」「病気」「願事」「待人」の六項目が添えられている。

＊1　一番から三十二番までのおみくじが収められた箱には「張り子の虎」のイラストが各番号の横に小さく描かれている。この「張り子の虎」は文政五年（一八二二）に大阪でコレラが流行したとき、「虎頭殺鬼雄黄圓」という丸薬とともに、病除祈願して御守として無

右の歌の結果は「平」。一般にはあまり見られない運勢だが、「たいら」「へい」「ひら」などと呼ばれる。吉でも凶でもなく運勢が落ち着いているときに使われることが多いが、神社によってその意味は違うので[*2]、「平」が出たときは、ことのほか歌の内容をじっくり読みたい。

右の歌は「平」でも、秋霧が深く立ちこめた野原で虫の声だけが響く状況を詠んでいるから、かなり追い詰められた状況である。視界が霧に遮られた状態で秋の虫の声だけが聞こえてきたら急に淋しくなるだろうというのである。

おみくじで「霧」が詠まれる場合、それは何らかの「障害」に喩えられることが多い。歌に添えられた解説には「この心は、人のおとし入れに逢ひて、我誠も通ぜず落騰し勝ちなり、こらえて時節を待つべし」とある。「霧」を「人のおとし入れ」、つまり策略にはめられた状態と解き、自分の誠意も通じず、気持ちも上下しやすくなるが、こらえて時期を待つべきだという。常に変化し、良いときもあれば悪いときもあるのは自然の摂理である。

償で配られたもので、病が平癒したと伝わる。現在も少彦名神社で授与されている「張り子の虎」は病除けの御守として人気。

＊2　厳島神社（広島）、石清水八幡宮（京都）、下鴨神社（京都）、住吉大社（大阪）、戸隠神社（長野）、氷川神社（埼玉）などのおみくじでももちいられている。

49

春といへば此の山陰もたつものを都にのみと思ひけるかな

【出典】「赤城神社古事みくじ」・第十四番・凶

この山陰にも春がやってくるのに、立春といえば都だけのものと思っていたのだなぁ。

赤城神社[*1]（東京都新宿区）「赤城神社古事みくじ」の歌。赤城神社は天和三年（一六八三）に江戸幕府から牛込の総鎮守と崇められ、日枝神社・神田明神とともに「江戸の三社」と称された。

現在はガラス張りのモダンな社殿[*2]や境内に併設されたカフェが印象的で、現代的に洗練された神社として女性の人気を集めているが、「赤城神社古事みくじ」は昭和初期の赤城神社で人気のあったものだそうで、古き良きものを大切にする気風も感じられる。国民がこれから困難に向かって耐え抜ける

＊1　ご祭神は火防の神である「磐筒雄命」と上野国の赤城神社の御分霊を牛込にまつった豪族大胡氏の息女とも伝わる「赤城姫命」。

＊2　建築家隈研吾氏の設計。

ように、現在のものと比べて一段と厳しい内容となっているという注意書きの通り、凶が多い。

右の歌もその一例である。歌の主題は立春。春はどこにでも訪れる。むろん自分の住む山の陰にもやってくるが、春が立つ、つまり立春といえば都にだけやってくると思い込んでいたという。和歌の文末にある「けり」は「気付き」の「けり」と言われ、それまで気付かなかったことを発見した感慨をあらわす助動詞だ。つまり、ずっとそう思っていたが、春は自分のところにも立つのだと悟ったわけである

運勢には「温和で誰にも好まれる人柄であるが、自分の都合ばかりを考へては失敗する。人間の心は強弱の差はあっても望むところは同一である。真の温和は人に場所を与へねばならぬ」とある。張りのある硬派な文体で、読むと思わず背筋が伸びる。解説に「温和」な人柄とあるのは「春」からの、「自分の都合ばかり考えて」は都にだけ立春が来ると思い込んでいたことからのつながりだろう。最後の「真の温和は人に場所を与へねばならぬ」は視野を広げて人を思いやる大切さを説いている。小項目の内容も和歌と関連していて読み応えがある。

赤玉（あかだま）は緒（を）さへ光れど白玉の君がよそひし尊（たふ）とかりけり

【出典】青島神社・賽の目神事

赤い玉はその穴に通した紐までが光るけれど、白玉のようなあなたの姿は、さらに立派で美しかったのです。

青島神社[*1]（宮崎県宮崎市）「賽の目神事」のお札に記された歌（口絵）。「賽の目神事」とは賽を振って神のお告げのお札をいただく青島神社独自の占いである。その方法は「教へ給へ導き給へ」と唱えながら神賽を振って、出た目を導きとして受けとるというもの。賽の目は「天」「地」「東」「西」「南」「北」の六つで、[*2]どの目のお札にも、青島神社の御祭神で天津日高彦火々出見命（あまつひこひこほほでみのみこと）（海幸山幸神話の山幸彦）とその妻豊玉姫命（とよたまひめのみこと）の婚礼時の絵が書かれ、その下に「神詠」として二神の贈答歌が記されている。

＊1　青島神社は、海底の宮から戻った彦火々出見命が豊玉姫と共に住んだところと伝わり、縁結び・安産・航海安全のお社として信仰を集める。日向灘に浮かぶ島全体が境内で、賽の目神事の他、多種多様な占いやおみくじがある。

＊2　賽の目神事の六つの賽

右の歌は、彦火々出見命に鰐の姿で出産しているのを見られた豊玉姫が、海底の宮に帰ってからも彦火々出見命を忘れられずに詠みおくったものである。「赤玉（琥珀か）」と対比しながら、彦火々出見命の美しさを「白玉（真珠）」にたとえて褒めたたえている。

それに対して彦火々出見命は「沖津鳥　鴨つく島に我が寝し妹は忘れず世のことごとに」（沖の島である鴨のやってくる島で私が共寝をした妻を忘れはしない、一生の間）と返歌した。ふたりの心は離れていても通じ合っていたのだった。この二首だけでも縁結びの御守りになりそうである。

しかし、このお札の歌は、これだけではない。占いの結果を示す裏面には明治天皇や昭憲皇太后などの歌（13参照）が示されている。例えば、「地」の目に対応する「学」のお札では、「学の目が出た貴方は、いま学業や仕事・趣味の知識を深める気が満ちているとのお告げです」とあり、昭憲皇太后の御歌「日に三度身をかへりみしいにしへの人のこころにならひてしがな」が載る。一度で三首の和歌をいただけるおみくじである。

は、それぞれ「天―縁（縁結び・家内安全）」「地―学（学業成就・生業繁栄）、「東―厄（厄除け・災難除け）」「西―交（交通安全・旅行安全）」「南―身（心身健全・病気平癒）」「北―金（商売繁盛・開運招福）」のお札に対応する。

おみくじの歌概観

和歌みくじのルーツは日本の神の歌にある。スサノオノミコトが三十一文字の歌をはじめて詠んだと伝えられて以来、日本の神と和歌の関係は切り離せない。平安時代には神々が和歌で人間にお告げを示すようになり、後にそれが和歌占いに発展した。江戸時代には中国伝来の漢詩みくじの影響を受けて和歌みくじ本が作られた。明治時代になると明治維新による神仏分離の影響で、仏教的な要素のない和歌みくじが新たに作られるようになった。近年は独自のおみくじを考案する社寺が増加し、和歌みくじの多様化がさらに進んでいる。このような和歌みくじの歴史的な展開は、おみくじに載せられた和歌からもうかがえる。本書では、その多様性と系統性がわかるように、『古事記』『日本書紀』の神話に収められた歌から、平安時代から鎌倉時代にかけての神のお告げの歌、平安時代から江戸時代までの和歌占いにもちいられた歌、江戸時代から現代までの和歌みくじの歌、各社寺の特徴があらわれた歌など、さまざまな性格を持つ歌を選んだ。おみくじは神仏のお告げであり、その歌も「お告げ」としての性格を持つ。和歌は三十一文字という短さの中に重層的な意味が含まれているため、さまざまな角度から読み解くにふさわしい象徴的な言語として自立している。多様な読みが可能だからこそ、和歌は千年以上もの時を超えて脈々と生き続け、いまもおみくじのお告げとして示唆を与えてくれるのである。

おみくじの歌関連略年譜

年号	西暦	事跡
和銅五年	七一二	『古事記』『日本書紀』（養老四年（七二〇）成立）にスサノオノミコト「八雲立つ」詠。
延喜五年	九〇五	『古今和歌集』仮名序、スサノオノミコトを和歌の祖とする。
寛弘二～四年頃	一〇〇五～〇七	『拾遺和歌集』神楽歌に神の託宣歌2首（住吉・賀茂）。
応徳三年	一〇八六	『後拾遺和歌集』雑六「神祇」に神の託宣歌2首（住吉・貴船）。
永久三年	一一一五	源俊頼『俊頼髄脳』に託宣歌5首（住吉2・三輪・伊勢・貴船）。
長承二年	一一三三	美福門院得子（鳥羽院の后）、七夕の前日に百首の歌占を行う（源師時『長秋記』）。
久安七年	一一五一	『詞花和歌集』雑下に託宣歌1首（稲荷）。
保元年間	一一五六～五九	藤原清輔『袋草子』希代歌に神の託宣歌19首（伊勢・宇佐・賀茂・平野・稲荷・春日等）。
永万元年	一一六五	『続詞花和歌集』神祇に託宣歌2首（春日・北野）。
元久二年	一二〇五	『新古今和歌集』神祇部冒頭に託宣歌13首。
建暦二年頃	一二一二	『古事談』に恵心僧都源信の歌占説話（『十訓抄』にも）。
貞応二年以後	一二二三	半井本『保元物語』に鳥羽院の歌占説話。
鎌倉末期		『八幡愚童訓』に後白河院の歌占説話（『八幡宮寺巡拝記』にも。『神道集』では白川院の説話として載る）。

応永年間	一三九四～一四二八	謡曲『歌占』成立。
室町末期		龍門文庫蔵『歌占』このころ成立か。
宝暦四年	一七五四	『宝暦四年刊書籍目録』に『天満宮六十四首歌占御鬮抄』所載。
安永七年	一七七八	『晴明歌占』刊行。
享和元年	一八〇一	『歌占萩の八重垣』刊行。
安政六年	一八五九	孝明天皇、『萩の八重垣』書写。
明治三年	一八七〇	白幡義篤、官許を得て『神代正語籤』を刊行。
幕末～明治初期頃か		十文字学園女子大学図書館蔵「和歌みくじ」五十番一式。
明治三十九年	一九〇六	女子道社、和歌みくじ考案。
明治末～昭和初期		新城新蔵によるおみくじ収集（新城文庫『おみくじ集』）。
大正元～十三年	一九一二～二四	富岡鉄斎、車折神社のおみくじ考案。
昭和初期		「赤城神社古事みくじ」。
昭和二十二年	一九四七	明治神宮おみくじ「大御心」授与開始。
昭和四十年頃	一九六五	長建寺、漢詩みくじの漢詩を和歌にして授与。
平成六年	一九九四	下鴨神社「おみくじ縁むすび」、平安京建都千二百年を機に授与開始。
平成二十年	二〇〇八	三室戸寺「源氏物語 恋みくじ」授与開始。
平成二十六年	二〇一四	城南宮のおみくじに「大大吉」が加わる。
平成二十七年	二〇一五	ときわ台 天祖神社「天祖神社歌占」で弓の歌占が復活。
平成二十八年	二〇一六	黒住神社「開運みくじ」、伴林氏神社「万葉神籤」授与開始。
平成三十年	二〇一八	鎌倉宮「鎌倉宮うたみくじ」、下御霊神社「狛犬神籤」授与開始。

解説　「おみくじの和歌」

〔01〕〔02〕などの番号は本書の歌番号に対応する。――平野多恵

●おみくじの分類――神仏のお告げとしての「和歌」と「漢詩」

神社や寺院でおみくじを引くと、はじめに吉凶を確認する人が多いだろう。しかし、おみくじは本来、神さま仏さまのお告げをいただく「御神籤(おみくじ)（御仏籤）」である。そのお告げの形式でおみくじを分類すると、神社に多い「和歌みくじ」、寺院に多い「漢詩みくじ」、それ以外のものに三大別できる。

漢詩みくじのルーツは中国にある。南宋時代（一一二七〜一二七九）に中国杭州の上天竺寺で観音菩薩のお告げとして流布した「天竺霊籤」がそれである。この霊籤は室町時代以前に日本に伝来し、日本では天台宗の中興の祖とされる元三大師良源の作とされて、江戸時代に「元三大師御籤」として大流行した。百種類の短い漢詩（一行五文字の四行からなる漢詩、いわゆる「五言絶句」）によって吉凶を知るおみくじであり、現在も多くの寺院でもちいられている。

和歌みくじのルーツは日本の神の和歌にある。冒頭の一首〔01〕で紹介したように、スサノオノミコトが三十一文字の和歌を詠みはじめたと伝えられ、平安時代以降、日本の神々はしばしば和歌で人間にお告げを示した。それが和歌による占いとなり、江戸時代には中国伝来の漢詩みくじの影響を受けて和歌みくじ本が作られるようになった。

その他としては種々雑多な形式がある。短い文章で運勢を説くもの（地主神社）、「〜ごとし」

という比喩で運勢を示すもの（櫛田神社等）、ご祭神のことばを示すもの（松陰神社等）、古今東西のことわざや文学の一節などを示したもの（下鴨神社等）、水に浮かべると運勢を書いた文が浮かび上がる水占（貴船神社等）、易の卦に基づくもの（白山比咩神社等）などである。

●和歌みくじのルーツ

（1）託宣歌から歌占へ

すでに述べたように、和歌みくじのルーツをたどると日本の神話にさかのぼる。スサノオノミコトが和歌の祖と伝えられ、神のお告げの歌（託宣歌）が『拾遺和歌集』をはじめとして勅撰和歌集にも収められるようになった。

鎌倉時代になると『新古今和歌集』神祇部の冒頭に春日明神・住吉明神・賀茂明神など、十三首の託宣歌が並べられた〔08〕。これほど多くの託宣歌が勅撰和歌集に収められた前例はなく、この時代に託宣歌への関心が高まったことがうかがえる。

勅撰和歌集に載る託宣歌は、神の声を夢の中で聞くなどして本人が直接に託宣を受けとる例が多いが、この頃、神と人を媒介する巫女が神の託宣歌を示す「歌占」も行われていた。院政期を代表する白河院・鳥羽院・後白河院には歌占にまつわる伝承があり、院の求めに応じて巫女が神がかりしてお告げの歌を詠んでいる〔28〕。

（2）歌占――くじ形式から書物へ

歌占は本来、巫者（ふしゃ）が神がかりして託宣歌を示すものだったが、室町時代には歌占にもちいられる歌が定まり、歌占用の歌から任意の一首を選んで解釈するくじ形式の歌占がおこなわれるようになった。世阿弥の長男・観世元雅が作った謡曲『歌占』には、そうした歌占の様子が描かれている〔23〕。

室町時代末期には歌占用の歌が増えて書物としてまとめられた。室町末期頃に書写されたと見られる写本『歌占』（阪本龍門文庫蔵）は六十四首の和歌に挿絵が添えられたもので〔24〕、占いが的中するよう祈る呪歌を三度唱えてから占う〔25〕。六十四首から一首を選ぶのは六十四卦からなる易占の影響だろう。この『歌占』の和歌と挿絵は江戸時代の歌占本『歌占萩の八重垣』〔30〕にも引き継がれている。

江戸後期から幕末にかけて、出版文化が隆盛し、元三大師御籤や易占なども流行するなかで、さまざまな歌占本が出版された。代表的なものに、先にあげた『歌占　萩の八重垣』、菅原道真を歌占の神とする『天満宮六十四首歌占御鬮抄』〔25・26〕、平安時代の陰陽師安倍晴明がつくったとされる『晴明歌占』〔28〕、百人一首の歌による『百人一首倭歌占』などがある。江戸の歌占は、元三大師御籤、易占、天神信仰、安倍晴明、百人一首など、当時の流行に影響を受けながら発展していった。

（3）和歌みくじの明治維新

江戸時代には様々な歌占がおこなわれたが、明治時代以降、それらは次第に見られなくなった。その一方、神社において新たな和歌みくじが創られるようになった。そのきっかけの一つが幕末の尊皇攘夷運動であり、明治維新である。

江戸時代までは神仏習合が一般的で、多くの神社で仏教系の漢詩みくじである元三大師御籤がもちいられていたが、天皇を重んじる尊皇攘夷運動が幕末に盛り上がり、明治維新で神仏分離令が発布されると、神社では仏教や易占などの要素を排した独自の和歌みくじが必要とされるようになった。

それを示すのが、安政六年(一八五九)の序文を持つ『神代正語籤 全』(32、以下『神代籤』と略称)と明治三年(一八七〇)に官許を得て出版された白幡義篤『神籤五十占』(36、以下『五十占』と略称)である。これ以後、それまで使っていた仏教系の元三大師御籤をやめ、独自の和歌みくじを用いる神社が増えていった。この二書に収められた和歌は現在も神社のおみくじにもちいられており、現代の和歌みくじのルーツと言える。

明治三十九年(一九〇六)には山口県の二所山田神社を母体とする女子道社で和歌みくじがつくられて(39)、全国の神社に和歌みくじが広まった。手動式の赤いおみくじ自販機も女子道社の発明で、小さな神社でも和歌みくじが引けるのは女子道社のおかげといってよいだろう。

(4) 和歌みくじの今昔——百年前の『おみくじ集』を通して

新しい和歌みくじが広まりつつあった時代に、おみくじを収集していた研究者がいた。宇宙物理学者であり東洋天文学の研究者でもあった新城新蔵(一八七三〜一九三八)である。国立国会図書館新城文庫蔵『おみくじ集』は彼の収集したおみくじ貼込帳で、明治末期から昭和初期までのものと推測される。

この『おみくじ集』には二十五点の和歌みくじが集められている。先に紹介した『神代籤』や『五十占』に基づくものが各四点、現在、十文字学園女子大学所蔵の和歌みくじ五十番一式(37・38)と同じものも四点ある。「住吉楠珺神社歌占」(03)は同じ形式のおみくじが現在でももちいられている。それ以外の十二点は典拠不明で今後の調査が待たれる。

和歌みくじの画期は明治維新にあったと先に述べたが、江戸時代の歌占が現代まで生き残った例もある。たとえば最上稲荷のおみくじの歌がそれで、江戸の歌占本『晴明歌占』と重なるものが多い〔29〕。

新城新蔵の『おみくじ集』と現代のおみくじを比較すると、変わらずに引き継がれたものがある一方、消えてしまったものもある。しかし、ここで注目したいのは、新たな和歌みくじが増えていることだ。とくに近年、各社寺独自の特徴を持った和歌みくじ〔16・20・21・27・44〕が次々と生まれている。

●おみくじの歌の特徴

先に述べたように、おみくじは神仏のお告げであり、その和歌は基本的に「お告げ」としての性格を持つ。「お告げ」としての歌が何を詠んでいるかで分類すると、おおよそ①自然を詠む歌（叙景歌）、②感情を詠む歌（叙情歌）、③訓戒を詠む歌（教訓歌）、④神話に基づく歌（神話歌）、⑤漢詩を翻訳した歌の五つに分類できる。以下、本書に収めた歌を例に説明していこう。

①自然を詠む歌（叙景歌）

四季の景物を詠んだ歌で、おみくじの和歌として最も多く見られる。自然の景色を詠む「叙景歌」だが、四季の風景を単に描写するだけでなく、人間の営みや感情が重ねられることが多い。

本書所収の歌でもしばしば触れたように、降ったり止んだりする雨や晴れたり曇ったりする月など、自然は常に変化し、さまざまな状態を見せてくれる。このように変化する自然が人生に重ねられるのである。

たとえば、自然の景色を描写した歌には「しぐれには濡ぬ紅葉や無るらん一むらくもの山めぐる見ゆ」(47)「高津宮神占」のような例がある。時雨が降って山の紅葉を濡らした後に一群の雲が山の上を巡っている風景を詠んだもので、おみくじとしては、時雨に濡れる紅葉を「日陰にいて恵まれない人」に、山を巡る一群の雲を「一時的な現象」として解釈する。

自然詠に人間の感情を重ねた歌には「打つけに淋しくもあるか八重ぎりのたちへだてたるのべの虫の音」(48)(少彦名神社)のような例がある。秋霧が幾重にも立って周囲が見えない野原で虫の声を聞くと急に淋しくなるのではないかという歌だが、虫が淋しいのか、その虫の音を聞く人が淋しいのか、歌の主体が未分化で自然と人事が溶け合っているようである。

おみくじの歌にかぎらず、古典和歌では自然の「景」と人間の「情」が深く結びついてきた。自然を詠みながら、そこには人間の感情が底流する。それゆえ、自然のありようを詠んだ歌が人生に重ねられるのであり、おみくじにももちいられているのだろう。

②感情を詠む歌(叙情歌)

人間の感情が詠まれた「叙情歌」である。『伊勢物語』『源氏物語』などの物語で登場人物が詠んだ歌や男女の贈答歌の他、恋歌や哀傷歌などで、有名な古歌をもちいたものが多い。現代まで享受され続けてきた名歌は、時代を超えて共感される気持ちが詠まれている。『伊勢物語』や『源氏物語』の作中歌には登場人物の人生や感情が凝縮されている。だからこそ、おみくじの和歌として解釈しやすいのだろう。

たとえば、『源氏物語』紅葉賀で光源氏が恋する藤壺の宮に送った「もの思ふに立ち舞ふべくもあらぬ身の袖うちふりし心知りきや」〔05〕（下鴨神社相生社「縁結びおみくじ」）や、大伴家持が年上の恋人である紀郎女に返歌した「百歳に老い舌出でてよよむとも我はいとはじ恋は増すとも」〔16〕（伴林氏神社「萬葉神籤」）のような歌がある。いずれも恋歌であり、何かを好きになるときの気持ちは時代を超えて共有されるといえるだろう。

③教訓・訓戒を詠む歌（教訓歌）

人として生きるべき道を諭した訓戒を直接的に詠んだ歌で、神のお告げとしての性格が明確にあらわれている。神道のおみくじとして創られた『神籤五十占』所収歌の多くがこのタイプで、「うるはしき神のみさとしあるからは万の願ひ叶ふとぞ知れ」〔36〕では神の御諭しの大切さを詠んでいる。

御祭神や御本尊の立場から教えを詠んだものもある。「正直を心にこめて願ひなば我れも力を添へて守らむ」〔42〕（鞍馬寺）では、鞍馬山の本尊である尊天が「我」として歌を詠んでいる。これは歌による神仏からの語りかけであり、まさしく神仏のお告げの歌といえる。

御祭神としてまつられた人が生前に多くの和歌を詠んでいた場合、その歌がもちいられることも多い。その中でも教訓的な歌をもちいているのは、明治天皇・昭憲皇太后の歌による明治神宮〔13〕・護王神社〔14〕・青島神社〔50〕、黒住教の教祖黒住宗忠をまつる宗忠神社〔44〕、二宮尊徳をまつる報徳二宮神社〔45〕などである。具体的には昭憲皇太后の「みがかずば玉の光はいでざらむ人の心もかくこそあるらし」〔13〕（明治神宮）のような歌で、人生の指針となる内容が託されている。

④神話に基づく歌（神話歌）

『古事記』や『日本書紀』などの神話に見える歌、あるいは神話の内容に基づいてつくられた歌である。これらを便宜的にまとめて「神話歌」とした。

神話に見える歌としては、日本最古の和歌と伝えられるスサノオノミコトの「八雲立つ」詠〔01〕や豊玉姫が彦火々出見命におくった「赤玉は」詠〔50〕（青島神社）がある。

神話に基づく歌には、幕末に出版された『神代正語籤』の歌がある（戸隠神社〔32〕）。天祖神社歌占〔27〕や城南宮おみくじ〔35〕でも御祭神の神話にまつわる歌がもちいられている。

⑤漢詩を翻訳した歌

先に述べたように、寺院では中国伝来の観音菩薩のお告げとされる漢詩みくじが一般的にもちいられている。長建寺のおみくじ〔43〕は、その仏さまのお告げとしての漢詩を和歌におきかえたものである。現代の人にとって漢詩は難解になってしまったので、わかりやすい和歌にしたという。

現代にかぎらず、漢詩は昔から難しかったようで、江戸時代や明治時代にも、漢詩の横に、その詩に対応する和歌を載せた御籤本がある。当時の人にとって漢詩よりも和歌のほうが理解しやすかったということだろう。和歌が漢詩の翻訳としての役割を果たしている。

漢詩や漢文の翻訳としての和歌は、法華経二十八品を和歌にした「法華経二十八品歌」など、仏教経典の内容を和歌に詠んだ「釈教歌」に先例があり、平安時代から見られる。

現代では和歌も難しいと思われがちだが、日本人にとって和歌は長いあいだ漢詩よりわかりやすいものだった。それが難しく感じられるのは、三十一文字という短さの中に、さまざまな意味が重層的に詠み込まれているからだろう。しかし、そのおかげで、和歌は、さまざまな角度から読み解くにふさわしい象徴的な言語として自立している。多様な読みが可能だからこそ、千年以上もの長いあいだ脈々と生き続け、いまもおみくじの和歌として私たちに示唆を与えてくれるのだ。

以上、お告げとしてのおみくじの和歌の特徴を五つに分けて説明した。その他、本書には歌占の前に唱える呪文の歌（『天満宮六十四首歌占御鬮抄』〔25〕）や梛の葉が御守であることを示す歌（熊野速玉神社〔09〕）も掲載した。さらに本書では触れ得なかったが、西国三十三観音などの霊場巡礼でとなえる和歌、いわゆる御詠歌を載せるおみくじ（御仏籤）もある。

おみくじの和歌を見ていくと、神話の時代から現代に至るまでの多様な展開がわかる。本書では、その多様性と系統性が把握できるように、『古事記』『日本書紀』の神話に収められた歌から、平安時代から鎌倉時代にかけての神のお告げの歌、平安時代から江戸時代までの和歌占いにもちいられた歌、江戸時代から現代までの和歌みくじの歌など、さまざまな性格を持つ歌を50首厳選した。おみくじの歌の特徴を示す50首を通して、和歌みくじの豊かな世界に触れていただけたら幸いである。

〔付記〕　本書の刊行にあたって、おみくじの和歌・画像の掲載をご許可くださった各社寺・所蔵機関の皆様、貴重な資料をご提供くださった皆様に深謝申し上げます。本書はJSPS科研費JP15K02226の助成および成蹊大学2018年度研修の成果の一部です。

読書案内

島武史『おみくじの秘密』日本書籍、一九七九
島武史『日本おみくじ紀行』日本経済新聞社、一九九五→ちくま文庫、二〇〇一
島武史『日本おみくじ夢紀行』近代文芸社、一九九七
島武史『かながわ おもしろおみくじ散歩』かもめ文庫、一九九九
中村公一『一番大吉！おみくじのフォークロア』大修館書店、一九九九
大野出『江戸の占い』河出書房新社、二〇〇四
大野出『元三大師御籤本の研究：おみくじを読み解く』思文閣出版、二〇〇九
中町泰子『辻占の文化史』ミネルヴァ書房、二〇一五
平野多恵『歌占カード 猫づくし』夜間飛行、二〇一六
鏑木麻矢『ニッポンのおみくじ 日本全国232種のおみくじを引く』グラフィック社、二〇一七
平野多恵『神さまの声をきく おみくじのヒミツ』河出書房新社、二〇一七

【著者プロフィール】

平 野 多 恵（ひらの・たえ）

1973 年 富山県生まれ。お茶の水女子大学文教育学部卒業。東京大学大学院博士課程単位取得退学。博士（文学）。十文字学園女子大学短期大学部准教授を経て、現在、成蹊大学文学部教授。日本中世文学、おみくじや和歌占いの文化史、アクティブラーニングによる古典文学教育を中心に研究。主な著書：『明恵 和歌と仏教の相克』（笠間書院、2011）、『歌占カード 猫づくし』（夜間飛行、2016）、『神さまの声をきく おみくじのヒミツ』（河出書房新社、2017）。

おみくじの歌　　コレクション日本歌人選 076

2019 年 4 月 25 日　初版第 1 刷発行

著 者　平野多恵

装 幀　芦澤泰偉

発行者　池田圭子

発行所　笠間書院

〒101-0064　東京都千代田区神田猿楽町2-2-3

NDC 分類911.08　電話03-3295-1331 FAX03-3294-0996

ISBN978-4-305-70916-5

本文組版：ステラ　印刷／製本：モリモト印刷

コレクション日本歌人選　第Ⅰ期〜第Ⅲ期　全60冊！

第Ⅰ期　20冊　2011年（平23）2月配本開始

1 柿本人麻呂　かきのもとのひとまろ　高松寿夫
2 山上憶良　やまのうえのおくら　辰巳正明
3 小野小町　おののこまち　大塚英子
4 在原業平　ありわらのなりひら　中野方子
5 紀貫之　きのつらゆき　田中登
6 和泉式部　いずみしきぶ　高木和子
7 清少納言　せいしょうなごん　圷美奈子
8 源氏物語の和歌　げんじものがたりのわか　高野晴代
9 相模　さがみ　武田早苗
10 式子内親王　しょくしないしんのう（しきしないしんのう）　平井啓子
11 藤原定家　ふじわらていか（さだいえ）　村尾誠一
12 伏見院　ふしみいん　阿尾あすか
13 兼好法師　けんこうほうし　丸山陽子
14 戦国武将の歌　綿抜豊昭
15 良寛　りょうかん　佐々木隆
16 香川景樹　かがわかげき　岡本聡
17 北原白秋　きたはらはくしゅう　國生雅子
18 斎藤茂吉　さいとうもきち　小倉真理子
19 塚本邦雄　つかもとくにお　島内景二
20 辞世の歌　松村雄二

第Ⅱ期　20冊　2011年（平23）10月配本開始

21 額田王と初期万葉歌人　ぬかたのおおきみ　しょきまんようかじん　梶川信行
22 東歌・防人歌　あずまうた　さきもりうた　近藤信義
23 伊勢　いせ　中島輝賢
24 忠岑と躬恒　みぶのただみね　おおしこうちのみつね　青木太朗
25 今様　いまよう　植木朝子
26 飛鳥井雅経と藤原秀能　まさつね　ひでよし　稲葉美樹
27 藤原良経　ふじわらのよしつね（りょうけい）　小山順子
28 後鳥羽院　ごとばいん　吉野朋美
29 二条為氏と為世　にじょうためうじ　ためよ　日比野浩信
30 永福門院　えいふくもんいん（ようふくもんいん）　小林守
31 頓阿　とんな（とんあ）　小林大輔
32 松永貞徳と烏丸光広　ていとく　みつひろ　高梨素子
33 細川幽斎　ほそかわゆうさい　加藤弓枝
34 芭蕉　ばしょう　伊藤善隆
35 石川啄木　いしかわたくぼく　河野有時
36 正岡子規　まさおかしき　矢羽勝幸
37 漱石の俳句・漢詩　神山睦美
38 若山牧水　わかやまぼくすい　見尾久美恵
39 与謝野晶子　よさのあきこ　入江春行
40 寺山修司　てらやましゅうじ　葉名尻竜一

第Ⅲ期　20冊　2012年（平24）6月配本開始

41 大伴旅人　おおとものたびと　中嶋真也
42 大伴家持　おおとものやかもち　小野寛
43 菅原道真　すがわらみちざね　佐藤信一
44 紫式部　むらさきしきぶ　植田恭代
45 能因　のういん　高重久美
46 源俊頼　みなもとのとしより（しゅんらい）　高野瀬恵子
47 源平の武将歌人　上宇都ゆりほ
48 西行　さいぎょう　橋本美香
49 鴨長明と寂蓮　ちょうめい　じゃくれん　小林一彦
50 俊成卿女と宮内卿　しゅんぜいきょうじょ　くないきょう　近藤香
51 源実朝　みなもとのさねとも　三木麻子
52 藤原為家　ふじわらためいえ　佐藤恒雄
53 京極為兼　きょうごくためかね　石澤一志
54 正徹と心敬　しょうてつ　しんけい　伊藤伸江
55 三条西実隆　さんじょうにしさねたか　豊田恵子
56 おもろさうし　島村幸一
57 木下長嘯子　きのしたちょうしょうし　大内瑞恵
58 本居宣長　もとおりのりなが　山下久夫
59 僧侶の歌　そうりょのうた　小池一行
60 アイヌ神謡ユーカラ　篠原昌彦

推薦する——「コレクション日本歌人選」

篠　弘

●伝統詩から学ぶ

啄木の『一握の砂』、牧水の『別離』、さらに白秋の『桐の花』、茂吉の『赤光』が出てから、百年を迎えようとしている。こうした近代の短歌は、人間を詠みうる詩形として復活してきた。しかし、実生活や実人生を詠むばかりではなかった。その基調に、己が風土を見つめ、豊穣な自然を描出するという、万葉以来の美意識が深く作用していたことを忘れてはならない。季節感に富んだ風物と心情との一体化が如実に試みられていた。

この企画の出発によって、若い詩歌人たちが、秀歌の魅力を知る絶好の機会となるであろう。また和歌の研究者も、その深処を解明するために実作を始められてほしい。そうした果敢なる挑戦をうながすものとなるにちがいない。多くの秀歌に遭遇しうる至福の企画である。

松岡正剛

●日本精神史の正体

和泉式部がひそんで塚本邦雄がさんざめく。道真がタテに歌って啄木がヨコに詠む。西行法師が往時を彷徨して寺山修司が現在を走る。実に痛快で切実な組み立てだ。こういう詩歌人のコレクションはなかった。待ちどおしい。

和歌・短歌というものは日本人の背骨であって、日本語の源泉である。日本の文学史そのものであって、日本精神史の正体なのである。そのへんのことはこのコレクションのすぐれた解説を読まれるといい。

その一方で、和歌や短歌には今日のメールやツイッターに通じる軽みや速さや愉快がある。たちまち手に取れるし、目に綾をつくってくれる。漢字・旧仮名・ルビを含めて、このショートメッセージの大群からそういう表情をぞんぶんにも楽しまれたい。

コレクション日本歌人選　第Ⅳ期

第Ⅳ期　20冊　2018年（平30）11月配本開始

No.	書名	よみ	著者
61	高橋虫麻呂と山部赤人	たかはしのむしまろとやまべのあかひと	多田一臣
62	笠女郎	かさのいらつめ	遠藤宏
63	藤原俊成	ふじわらしゅんぜい	渡邉裕美子
64	室町小歌	むろまちこうた	小野恭靖
65	蕪村	ぶそん	揖斐高
66	樋口一葉	ひぐちいちよう	島内裕子
67	森鷗外	もりおうがい	今野寿美
68	会津八一	あいづやいち	村尾誠一
69	佐佐木信綱	ささきのぶつな	佐佐木頼綱
70	葛原妙子	くずはらたえこ	川野里子
71	佐藤佐太郎	さとうさたろう	大辻隆弘
72	前川佐美雄	まえかわさみお	楠見朋彦
73	春日井建	かすがいけん	水原紫苑
74	竹山広	たけやまひろし	島内景二
75	河野裕子	かわのゆうこ	永田淳
76	おみくじの歌	おみくじのうた	平野多恵
77	天皇・親王の歌	てんのう・しんのうのうた	盛田帝子
78	戦争の歌	せんそうのうた	松村正直
79	プロレタリア短歌	ぷろれたりあたんか	松澤俊二
80	酒の歌	さけのうた	松村雄二